ドク・ホリデイが暗誦するハムレット

～オカタケのお気軽ライフ～

岡崎武志
Takeshi Okazaki

春陽堂書店

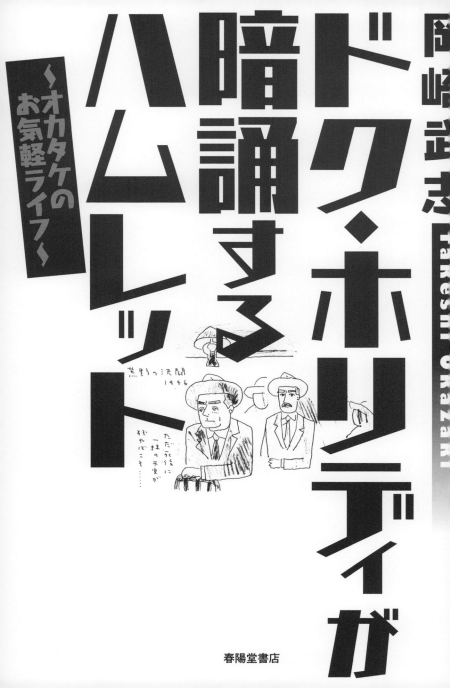

ドク・ホリディが暗誦するハムレット

――オカタケのお気軽ライフ

岡崎武志

目次◉ドク・ホリディが暗誦するハムレット

1 俵万智さんと大阪弁で——生活と食

2 根府川の海へ、そして二宮へ——旅・さんぽ

3 ドク・ホリデイが暗誦するハムレット——みる・きく

4 「ジョルジュサンク」で木下杢太郎とはっぴいえんどについて考えた――よむ

イラスト・写真――著者
デザイン――WHITELINE GRAPHICS CO.

1 俵万智さんと大阪弁で

生活と食

古本屋の店番と『フォーク・ゲリラとは何者か』

二〇一九年五月五日のこと。午後一時より、「古本屋ツアー・イン・ジャパン」小山力也さんと、国分寺「七七舎《しちしちしゃ》」で一日店番をする。数年前オープンした際にも、すぐ近くの二号店で同様のイベントをした。我ら古本者コンビが、古本屋で店番をする、というのがイベントなのである。その二号店を「早春書店」が引き継ぎ、かわりに一号店が隣りにあった和菓子店（閉業）を改装、壁を一部ぶちぬいて結合させて（言ってることわかるかな）倍以上の広さになった。そのリニューアルオープンを記念して、ふたたび店番をすることになったのだ。

午後六時まで、小山さんはもっぱらレジ打ちをし、私は本のクリーニングと指定された値付けをして、一〇〇円均一に補充する係を受け持った。こまめに二十回は店頭の均一棚に補充したのではないか。連休中にもかかわらず、大勢の客が店を訪れ本を買っていった。本って、こんなに売れるものかと驚いたのだ。とにかく、店番している間、ほとんど客足が途切れることはなかった。店主の北村誠さんも一日中店にいて（買い取りや値付け等で忙しく、そういうことは珍しいそうだ）、常連さんと楽し気に話をしていた。本を買って帰ると奥さんに叱られるので、見つからないように玄関を入るんだと告白していた御老人もいた。

　この日、均一棚を補充しながら、私が「これは！」と買ったのがカバーなしで小口に汚れあり、ではあるが逸品の『フォーク・ゲリラとは何者か』（自由国民社

／一九七〇年）。一九六九年反安保運動の高揚のさなか、新宿西口広場に若者たちが大挙して集まり、ギターでフォークや反戦歌を合唱するようになった。それが「フォーク・ゲリラ」である。その中心人物としてべ平連（ベトナムに平和を！市民連合）活動をしていた吉岡忍、山口文憲（のちに両者とも著名なノンフィクション作家となる）がいた。この本は、吉岡忍編著となっているが、背には同じ級数の文字で「小田実　推薦」とある。「推薦」というだけで、これほど大きな扱いを受けるのは、つまり小田実がスターだったからである。六〇年代末、坂本龍馬のような存在だったという人もあるほど。吉岡は当時早稲田大学在学中の無名の若者に過ぎなかった。

フォーク・ゲリラは、機動隊により解散させられ、吉岡は責任者として逮捕される。その経過が、多数の写真とともにつづられている。巻末には「フォーク・ゲリラ編　プロテストソング選集」として、岡林信康ほかの歌、当時歌われた替え歌などを収録。フォーク文献を集めている私には、ハイカロリーな買い物となった。相当な希少本で、「日本の古本屋」検索ではヒットせず、「アマゾン」で三点。最低価格が四四五一円＋送料二五七円と想像以上の高値であった。

常陸《ひたち》大子《だいご》でつながった

高円寺南の裏路地にある小さな酒場「ちんとんしゃん」を一人で切り盛りする田島徳子さん。「じゅん散歩」で高田純次が高円寺をうろついているとき、これから店へ行く着物姿の田島さんを見つけて「あら、きれいなお嬢さん」と言って、くっついていったほど美しい女性である。「かりら」という粋な文芸誌を発行し、そ

の編集長も兼ねる。私がこの店に顔を出したのは四、五回か。それでもすぐ名前と顔を覚えてくれて、二回目には「おかざきさん」と呼んでくれていたから頭もいいんだ。

「かりら」は「ちんとんしゃん」の常連さん及び、田島さんの交遊関係で執筆者が決まる。私も次号に執筆依頼があった。ただし、原稿料は出ない。私は原稿料でのみ食べている人間として、タダの媒体には基本的に文章を書かない。しかし、『これからはソファーに寝ころんで』（春陽堂書店）の紹介をしていい、ということで引き受けた。

原稿では本の内容を説明するため、いくつか目次から章タイトルを挙げた。その中に「水郡線の旅」が入っていたのを、メールのやりとりをする過程で田島さんが素早く反応し返信してきた。「水郡線はどこまで乗られたのですか」と聞かれ「郡山から水戸まで完乗し、常陸大子で途中下車した」と答えると、すぐ「わたし、常陸大子の出身なんです」という。ええっ！　とこっちが驚いた。「高校は、朝五時に起きて水戸まで通ってました（水戸駅からさらに自転車で四十分でした）」。

次回、「ちんとんしゃん」へ行った時、田島さんと常陸大子の話をするのが楽しみだ。

古本酒場コクテイル

思いがけない人からメールがあり、一緒に飲むことになった。今も続くＴＢＳの超長寿ラジオ番組「森本毅郎 スタンバイ！」に、私は二〇一二年三月まで、七年間、隔週出演で本の紹介をしていた。同じ週のレギュラー解説者として、当時「東洋経済」編集長のＹさんが出演、いつもスタジオ待合室で顔を合わせ言葉を交わしていた。同い年で、同じ誕生月ということで親近感を持っていた。

その後に私は辞めたが、Ｙさんは引き続き出演。番組を離れて縁がなくなっていた。すると、ある日メールで、私を中央線車内で目撃したと伝えてきた。なんでも、私と目する人物が、とにかく一心不乱に本を読んでいた。その人はメガネをかけていなかったので不確かだったが、いまどき電車の中で、あんなに真剣に

本を読むなんて、岡崎さんしかいないだろう、と思ったという。たしかに、それは私だ。老眼なので、出先ではメガネをはずして本を読むことが多い。「私です」と返信して、じゃあ久しぶりに飲みませんかと話が転がりだした。

同じ中央線沿線在住なので、私のテリトリーである高円寺の古本酒場「コクテイル」へお連れした。作家の得意料理や、作品から創作した文士料理を出す店で、古本も売られている。出版関係の人を案内すると喜ばれるのだ。この日は、メニューが束見本を使って仕立てられ、太宰の命日が近いということで、太宰サワー（さくらんぼ入り）が用意されていた。あれこれ、番組の思い出話（旧「キャピトル東急ホテル」で出演者とスタッフが揃って豪華な朝食を食べていたなあ）に花咲かせ、出版界の現状を憂え、共通の趣味である大相撲の見どころなどを語った。

二時間ほどでさっと切り上げ、「もう一軒」なども言わず、隣り駅までガード下を一緒に歩きながら、話の続きを。「また、ぜひ」とは言ったが、「また」があるかどうか。それでもいいのだ、と思った楽しい一夜だった。

一九六〇年「のりたま」発売

日本家庭食文化研究会編『のりたま読本』（講談社）という本を買って、あちこち見ていたら（写真が多い本）、無性に丸美屋のふりかけ「のりたま」が食べたくなり、自転車を走らせスーパーへ。平日昼間に自転車を猛スピードでこいで、ふりかけを買いに行く六十過ぎの男は、いま日本で自分だけだろうな、と思いながら売り場を探す。あるかなあ、と思ったら、ちゃんと現役で売られていました。私の記憶にあるパッケージとはデザインが違う。なにしろ五十年ぶりぐらいに拝むのだからな。

『のりたま読本』によれば、発売は一九六〇年。同じ年に「ハイライト」、日本初の国産インスタントコーヒーが発売。旅館の朝ご飯の定番である「のりと卵」を簡易に食卓で味わえるよう開発された。忘れてならないのは、半世紀以上前、卵は高く、贅沢品だったこと。現在なら「のりたま」一袋で、卵十二個入りワンパックぐらい買えます。こういうこと、しつこく書いておかないと、我ら昭和三十年代ボーイが「のりたま」に感じたありがた味は、平成ボーイに伝わらない。

なにより「のりたま」におまけでついていた「エイトマンシール」が欲しくて、「なあなあ、お母ちゃん『のりたま』買うてなあ」と母親にねだったのである。マーブルチョコの「鉄腕アトムシール」と、これは双璧の蒐集アイテムであった。ああ、何もかもが懐かしい。懐かしさだけが六〇代を生きる気力となる。

いま、私は白いご飯にも、冷やし中華にも、ソーメンにも、のりたまを振りまくっております。もう振って、振って、振りつくして早く新しいのが買いたい。

関西ねぎを豚肉と炒めて

ときどき、あれは美味かったなあ、と思い出す「食」がある。仕事を終えて、スーパーへ買い物へ。私にとっては息抜きで娯楽だ。九条ねぎ（関西の柔らかめのネギで青い部分も食べる）が売られていてセルフかごへ入れる。関西ではスキヤキもこれを使う。これだよと思い豚バラ肉もついでに。というのも、四十年以上前か、私がその頃住んでいた大阪府北河内の枚方市から、淀川を隔て対岸の街・高槻市へバスで通っていたことがあった。あれはどんな用事だったんだろう。歯医者への通院だったたか。

バス停を降り、目的地へ行く途中に一軒の食堂があって、そこで昼飯を食べた、と思って下さい。その店の人気メニューらしく、見たこともないものを複数の客が食べている。で、それを頼んだら、めちゃくちゃ美味かったのだ。記憶だけで書くが、豚肉を炒め、そこへ大量の関西ねぎ（九条ねぎかどうかは不明）を投入し、塩こしょう（少し醤油を足らすか）、おそらく酒で味付けした一品。ネギの甘味が出て、しゃきしゃきした食感もあり、これは！と驚いた。それで、高槻市へ向かう時は、ここでこの豚ネギ炒め、と決めてしまった。

以後、同様のメニューと他店で再会することはない。そうなると無性に食べたくなりますね。そこで今回、自分で再現してみた。この九条ねぎの束を全部、短冊に切り、豚バラに少し片栗粉をまぶし準備。あとは、肉、ネギの順に油を注いだ火の鍋に投入し、一気に炒めていく。塩、こしょう、酒、醤油に少し砂糖を加えてみた。記憶の中のメニューとまったく同じとはいかないが、これはなかなかの出来。食欲のない夏には最高の一皿ではないか。ビールにも合います。

ロックアイスが必要なんだ

あいかわらず毎夜、飲んでいる。酢じゃないよ、酒だよ。夏に酒を飲むのに使う氷は、なるべく袋入りのロックアイスを店で買う。一キロ二〇〇円ぐらいか。ささやかなぜいたくだ。冷蔵庫の氷も使うが、溶ける早さが違うし、やっぱりロックアイスで作った酒は美味いのだ。しかも見た目がきれいだ。

業務用に使われていたであろうロックアイスが、一般家庭で使われるようになったのはいつ頃か。これにはデータがない。……と思って検索したら、「ロックアイス」は千葉県の小久保製氷冷蔵の商品登録名で（大阪では「かち割り」と言っていた）、一九七三年から市販されるようになった、とある。しかし、一般家庭ではまだ、冷蔵庫の氷だろう。

『動く標的』（一九六六年）の冒頭に興味深いシーンがある。私立探偵のＰ・ニューマンが二日酔いの頭をしゃっきりさせるため、水を溜めた洗面台に冷蔵庫から出した氷をぶちこみ、頭を突っ込む。

　もっと近く、二〇〇五年から一五年にかけてテレビ映画でシリーズ化された、トム・セレック主演『警察署長ジェッシイ・ストーン』にも冷蔵庫の氷が登場する。アルコール依存症でロス市警を馘首《かくしゅ》され、東部のマサチューセッツ州の小さな町・パラダイス（架空の街）の警察署長に収まったジェッシイが主人公（原作の著者はR・B・パーカー）。トム・セレックが自らプロデュースして映像化され、いい出来ではあるが、原作で三十代の男を六十近い男（シリーズ終わりには七十近くなっていた）が演じるのは、やや無理がある。そういえば、原作のジェッシイ・ストーン・シリーズの一作『忍び寄る牙』（菊池光《みつ》訳、ハヤカワ・ミステリ文庫）にトム・セレックの名前が出てくる。

　ジェッシイが関係を持つ美貌の不動産業者マーシイとの会話。

「あれだけ金があって、あれだけ時間があって、誰も働いていないのだから、もっとましに見えるようにしたらよさそうなものだと思わない？」

「みんながみんな、トム・セレックと結婚しているわけじゃない」

実在の人物が、小説の中に出てくるというのは、当人にとってもうれしいはず。ピアニストの中村紘子は『赤頭巾ちゃん気をつけて』に名前が出てきたことが縁で、著者の庄司薫と結ばれた。おそらくだが、トム・セレックがジェッシイ・ストーン・シリーズを手がけるきっかけは、この個所にあったのではないか。真相はわかりませんが……。

ジェッシイは美しい妻と別れ（未練たらたらである）、ドラマでは桟橋を渡った湖水の小さなコテージに住む。毎晩、オンザロックでジョニ赤を飲むのだが、その時、冷蔵庫の氷を使う。指で直接氷をつまみ、ゴロゴロとグラスに入れ、ウィスキーを注ぐ。いつもそうだ。冷蔵庫の氷について、いま思い付くのはこの二例で、いつもそのことを意識してアメリカの映画やドラマを見ているわけではない。買ってきた袋の氷（ロックアイス）を使うケースがあったかどうか。

『忍び寄る牙』には、こんな個所がある。

「二杯目は一杯目よりうまかった。ジェッシイは、グラスを持ち上げて明かりに当てた。氷が水晶のようだ。中身はスコッチで金色に輝き、炭酸で生き生きしている」

この場合はバーで、氷はおそらくロックアイスだ。そう、視覚的にも白濁した冷蔵庫の氷と違い、透明なロックアイスは酒に沈むと美しい。同作には、飲酒のシーンがたくさんあるが、飲ん兵衛を励ます名言も随所にある。例えば次のようなところ。

「たまの酒飲み、付き合い上飲む人、あれほど俗っぽい飲み物でさえなければセヴン・アップを飲んでいたい人は、最初の一杯を丁寧に作る気持ちが理解できない。ジェッシイは、以前から、最初の一、二杯は人生そのものだと思っている。気を和ませてくれる滑らかで泡立った厳しい一杯なのだ」

うーんとうなるような文章ではないか。酒飲み万歳！

昭和記念公園花火大会

今年で何回目になるのだろうか。梅雨明けの夏の初め頃に、立川市の昭和記念公園で開かれる花火大会がある。うちは隣の市だが、家にいて、ズドンズドンと打ち上がる花火の音が響き届く。こちらへ引っ越してしばらくは、家族で公園まで花火見物に出かけていた。しかし、年々見物客が増えて、園内の混雑はもちろん、周辺の道路が車で埋めつくされる事態となり、見に行くのをあきらめた。近年の公式発表によると、約二三・七万人（国営昭和記念公園内来観者）外周道路等含め六〇万人以上の見物客があったという。うへえ、花火を見るのか人ごみを見るのか分からないよ。剣呑けんのん。

昨夜がその日（雨で順延）だった。日が落ちて、空の色が変わる頃から、ズドン、ズドンと音が空気を震わせ始めた。コンビニまで買い物に行って、帰り、住宅街の屋根の隙間から、花火のほんの一部が見えた。そうか、現地から離れていて、地上にいても見える場所があるのだ。そのまま歩き続け、家の近くのバス通りにさしかかった時、通りの先の開けた空間に、はっきり大輪の花火が見えた。こんなに長く、この地に住みながら初めて気づいた。

「へえ、こんな場所から花火が見えるんですね」と、傍らで犬の散歩をさせていた御婦人につい話しかけてしまう。ふだんはそんなことはしない。興奮していたのだろう。すると、足を止めて彼女が「ええ、見えますよ。ただ、もっとよく見ようと、向こうの方まで歩いていくと見えなくなるんです。ここがいいんですよ」と言う。遠くの花火を見ながら、「ここがいい」という言葉が胸に残った。

音だけかと思っていた花火だったが、意外や、すぐ近くの地上から眺めることができた。見ると、近隣の住民が花火を見物するため、通りへ出てきている。トリミングされたお裾分けの花火ではあったが、ちょっと得した気分であった。

インタビューという仕事

「サンデー毎日」読書欄の著者インタビューの仕事がときどき回ってくる。同欄には複数のレギュラーインタビュアーがいるが、私は「大物担当」(だそうだ)。たしかに、これまでここで担当したのは、小林信彦、大橋巨泉、宝田明、柴田翔、古井上由吉、黒井千次など、いずれも八十歳越えの大御所ばかり。私は、こういう仕事（雑誌インタビュー）をするには、六十過ぎと少し年を取り過ぎている感がある。逆に取材を受けるとして、六十過ぎの人が来ればやっぱり驚く（例がないわけではない）。しかし年の功もあって、何より若い時から諸氏の仕事を見てきたことは利点になる。にわか勉強でも、ある程度の対応はできるが、話のなりゆきで方向が思わぬところへ向いた時、やっぱり蓄積と経験がものをいう。そう信じたい。

今回、サンデー編集部の書評欄担当のSさんから「岡崎さん、出番ですよ。大物です」と言われた相手が歌手の由紀さおりさん。私は十五年とか二十年前に一度インタビューしている。一九六九年に「夜明けのスキャット」でデビューして、今年は歌手生活五十周年。それにあわせてコンサート、オリジナルCD発売などイベントがあり、『明日へのスキャット』（集英社）という聞き書きの本も出た。この本について話を聞くことに。

私のインタビュー術は、まず時間を守ること。与えられた時間からはみ出すことのないよう気をつける。たいてい一時間で、最初の挨拶や、場合によってはカメラマン同伴のカメラ撮影があるなら、その時間も必要だ。私の持ち分はだいたい四十五分、と心がけている。あまり多方面に話題を振らないで、三つか、四つテーマを決める。たくさん話を聞いても、八〇〇字とか一〇〇〇字では生かせない。取材を受ける側に私がなることもあって、生い立ちや、そもそもの古本とのつき合いは、などと初歩的なことから始められると、これは大変だぞと思う。たいていそれは、原稿には生かされないのだ。本来は取材者が下調べしてくることを横着して聞いてくる。ぜったい原稿では書かれないと考えると、がっくりくる。インタビュアーのエゴが入ってはならない。

あとは、なるべく場をなごませるよう心がけること。できれば、インタビュー中、三回ぐらいは相手の顔に笑みが浮かぶようにしたい。どんなに大御所、ベテランでも、取材を受けるとなるとそれなりに身構え、緊張するものだ。お互いが楽しい時間を作りたい。相手を怒らせない程度に、多少、バカなことも言う。このことが私のインタビュー術の特徴ではないか。由紀さんの時は、歌手生活五十周年ということで、「電気洗濯機ならとっくに壊れてますね」と私が言った。由紀さんは笑って「しかも、昔の洗濯機は、脱水がハンドル式で（と手で動作を再現し）、〝のしいか〟みたいになって出てきた（笑）」とつなげて下さった。これで、このあとがやりやすくなった。もし、固い表情でこれを受けたら、以後、軽口はつつしもうと思っていた。

取材するにあたって、充分に下調べをするのはもちろん、できれば自分なりの「由紀さおり論」を立てて、相手に刺激を与えたいとも思う。「ああ、私って、そう言われてみればそんなところがあるわ」と、ちょっと得をしてもらいたい。すべてがうまくいくとは思わないが、雑誌編集者時代から、インタビューは数限りなくこなしてきた。ライターという仕事の中でも、インタビューは刺激的で重要な営業品目である。

切手長者

今年（二〇一九年）十月から、郵便料金が値上がりする。ハガキが一円上がって六三円。封書が二円上がって八四円となる。これまでに買ってストックしてあった切手に、それぞれ上乗せしなくてはならない。そこで、郵便局に用事があって行った際、一円と二円切手のシートを買うことにした。「それぞれシートで」と窓口で言うと、「シートだと、こうなりますが」なる返答があって、出てきたのが大きなシート。ふだん買う切手

シートは、たいがい一〇枚だから、一〇〇枚の大きさにたじろいだ。一円なら前島密の肖像がずらり一〇〇並ぶ。二円はウサギ。使わずに、額に入れて飾りたい気持ちになる。値段を聞くと「一〇〇円と二〇〇円で三〇〇円です」と言う。当り前だ。しかし、二〇〇枚の切手を前にして、なんだか大金持ちになったような錯覚を覚える。「いやあ、金持ちになったような気分になるねえ」と言うと、窓口の局員が笑っていた。おかしな客だと思っただろう。これでしばらく、少額切手は心豊かに使い放題だ。

『上京する文學』がちくま文庫入り

ちくま文庫から九月新刊で『上京する文學』が出た。ちくま文庫の私の著作も、これで九冊目となる。よく出してくれたなあと感慨あり。もとの原稿は新聞「赤旗」に同名タイトルで連載され、書き下ろしに近い大幅な加筆を経て、新日本出版から二〇一二年に刊行。一回だけ増刷がかかったはずである。私としては、ライター人生のふんばりどころと力を込めて取り組んだ仕事で満足している。

それが七年後に文庫となった。文庫化にあたって、野呂邦暢《のろくにのぶ》の上京を論じた一章を新たに書き加え、重松清さんには解説というより、自らの上京話を書いていただいた。本を出すのも大変、それが文庫化されるというのも、私レベルのもの書きでは難事に近く、よく声をかけてもらったものだと思う。一つひとつの仕事が、年を経るにつれ重要度を増してくる。

文庫の担当編集者は、「あとがき」を見れば記してあるから明かしてもいいと思うが窪拓哉さん。装幀デザインは倉地亜紀子さん。このコンビで、これまでにもちくま文庫で三冊作ってきた。倉地さんとは、その前『女子の古本屋』でも、単行本、文庫ともにお世話になっている。ここに今回、イラストで後藤範行さんが加わって、どうにか文庫にまとまった。

倉地さんにも後藤さんにもずいぶんお世話をかけて、お礼を直接言いたいと思い、窪さんに打上げの宴をお願いした。文庫で打上げってじつは珍しいことだが、九月某日、新宿二丁目「随園別館」で円卓を囲む。倉地さんとは二度目。後藤さんは初対面。倉地さんがサーフィンに熱中している、というので、もっぱら話題はそこに。

　なんでも、倉地さんは運動神経には自信があったのに、初めて板に乗ったらボロボロの出来だったとか。そこで諦めるのではなく、「なにくそ」と挑む姿勢に傾斜したのが倉地さんらしい。今では海外へも波乗りに行くという。映画『ビッグ・ウェンズデー』（一九七八）や、同作にも出演しているサーフィンの神様、ジェリー・ロペスの話になる。私は雑誌

「Ｃｏｙｏｔｅ（コヨーテ）」が特集したロペスの号を持っている。見つかったら差し上げます、と倉地さんに言ったものの、これが、家に帰って探すもまったく見つからないのだった。まったく、しょうがないなあ。

俵万智さんと大阪弁で

十一月半ばにさしかかり、暦の上では「冬」である。よみ人知らずの歌に「神無月降りみ降らずみ定めなき時雨ぞ冬のはじめなりける」がある。「神無月」は旧暦の十月を指す。大岡信『折々のうた』の解によれば、「時雨」は『万葉集』では秋季、『古今集』では冬季になる。都が「奈良から京都へ、微妙な季感の変化があったのかもしれない」という。「時雨」が冬の始まりを告げるのだ。

十月最後の日、某雑誌の仕事で俵万智さんを取材。俵さんに会うのは初めて。五十代後半になると思われるが、おかっぱ頭に大きな印象的な目玉は、一九八七年に出版され大ブームとなった歌集『サラダ記念日』のカバーに使われた写真そのまま。福井県立藤島高校卒で早稲田大学へ進学。しかし、じつは十四歳まで大阪で暮らしていた。出身は門真市（のち四条畷市へ）というから、枚方市出身の私とは「京阪電車」（大阪と京都を結ぶ私鉄）つながりである。十月二十六日に神保町で一緒にトークをした門井慶喜さんは、現在寝屋川市在住で、こちらでも「京阪」話に花が咲いた。「京阪」は続くよどこまでも。

取材した俵さんの著書『牧水の恋』にも、ところどころ大阪弁による突込みが出てくる。ふだんは標準語だが、父親が大阪弁を使うため、ときおり出てしまうとのことである。私は「その気」になって大阪弁で話を聞いたが、途中から俵さんも大阪弁にシフトしていくのが楽しかった。学習指導要領の変更により、国語教育が「実用」と「文学」の選択になる（大ざっぱに言って）という話題を振ったら、「それは、あかん！」とおっしゃったので、うれしくなった。

取材場所に使ったのは帝国ホテルのラウンジ（「ランデブーラウンジ」が正式名称だが、なんだか恥ずかしい）。取材を終えて編集者と、とっぷりと日が暮れた日比谷の街へ。歩廊をはみだして、女性たちが群がっているのは、宝塚劇場の「出待ち」をしているヅカファンたちと編集者に教えられる。各スターの名を書いたプラカードを持って、職員が整理にあたるが、熱狂と混乱を収めきれていない。そうか、こういう世界もあるのか。

もう二十年以上も前（だから時効だと思うが）、この近くにある歯科医に通っていた。私の当時編集を担当していた雑誌の編集長が、この医院の院長と大学時代の親友で、「オレが言えば、タダで治してくれるよ」と言われ、本当に図々しくも無料でしばらく通い治療してもらったのだ。最寄りの地下鉄入口へ。不二家のビルの向こうは夕焼けだ。

「酉の市」の熱狂

関西人の私が東京へ来て、分からないことはたくさんあるが、その一つが「酉《とり》の市」の熱狂であった。そもそも「酉の市」という祭り（習俗？）そのものに、反応したことがなかったのである。青柳《あおやぎ》いづみこさんを中心に、川本三郎さんを顧問とするライター、編集者、作家や評論家などが集まる「新阿佐ヶ谷会」が年に数度開かれる。食べて、飲んで、喋るだけの会だが、ときに会場を借りて、青柳さんのピアノ演奏というぜいたくな回もある。その末席に私もいて、他に常連メンバーとして装丁家の間村《まむら》俊一さんもいる。二人とも、この集まりへの出席を欠かしたことはないはずだが、昨年の十一月あたりに開かれた会を間村さんが欠席した。仲のいい新潮社の八尾さんに聞くと、「間村は、酉の市へ行ってるんです」というではないか。「え！　酉の市。なにそれ？」と応えてしまった。いや「酉の市」の存在は知っているが、楽しみにしているはずの集まりを欠席するというのはただごとではない（と、私には思える）。

そこから興味が湧いて、少しだけ調べてみたのである。といってもウィキペディアを見ただけ。例年十一月の酉の日に開かれる行事だ。

「酉の市は、鷲《おおとり》神社、酉の寺、大鳥神社など鷲や鳥にちなむ寺社の年中行事として知られ、関東地方を中心とする祭りである。多くの露店で、威勢よく手締めして『縁起熊手』を売る祭の賑わいは、年末の風物詩である。」

家が近く、親しくしている画家の牧野伊三夫《まきのいさお》さんの家で年末に宴会があった時、やはり熊手が飾ってあった。さっそく話題にすると、「おかざきさんも行って、熊手買ったほうがいいですよ。○○さんなんか、酉の市で大きな熊手を買ってから運が向いて、売れっ子になったんですから」と言うではないか。ちょっと心が動きました。でも行くかなあ。行かないだろうなあ。

そういえば、ドラマ「寺内貫太郎一家」の茶の間のシーンで、例によって貫太郎が暴れだし、後ろのタンスから飾りつきの大きな熊手が落ちてきたことがあった。関西在住時代、私にはそれが何なのか分からなかったのである。あれが〝酉の市の熊手〟だったんだ。そうか、そうか。一九三五年の作で、武田麟太郎の短編に「一の酉」がある。酉の市が開かれる浅草・鷲神社近くの料理店で働く女性の話。会話体を地の文に流し込んだコロキュアルな文体で、同じ大阪出身の織田作之助と通じるところがある。新潮文庫「日本文学100年の名作　第3巻」『三月の第四日曜』に収録したのを読んだ。細かいことは忘れてしまったが、ライスカレーやトンカツ、ドーナッツ（「ドオナツ」と表記）が出てくるので腹が減る小説であります。

坪内祐三死去

坪内祐三《つぼうちゆうぞう》さんが亡くなった。一月十三日、心不全が死因である。最初に私のところに知らせが入ったのは十三日深夜。かつて坪内さんも仕事をしていた雑誌「彷書月刊《ほうしょげっかん》」の元編集者から「もうご存じかもしれませんが」と前置きして「坪内さんが亡くなられました」とメールが届いた。一瞬、「坪内さん」というのが頭の中で「坪内祐三」と変換されず、私の知らない誰か（と思いたい）とも想像し、しかし彼が私にメールで急報するのだから、これは間違いない。そう納得するのに、少し時間が必要だったのだ。信じたくないという気持ちも理解を邪魔した。

その翌日、朝刊に死亡記事は出ず、やはり誤報かとも思ったが別の知り合いからも同様のメールが入り、もう間違いないと観念した。坪内さんは私より一つ下の一九五八年生まれ。まだ六十一歳だった。経歴や業績をここで書く気にはならない。知っている人は大いに知っているし、知らない人は名前さえ知らないだろう。一月十五日の「朝日新聞」朝刊には顔写真入りで訃報が出た。並外れた博覧強記とともに凄腕のもの書きであった。

訃報が出てからは、しばらくどこで誰と会っても、まず話題はその話からだった。一緒に仕事をした人は、特に大きなショックを受けたようだ。あらためて、大きな存在だったと感じ入った次第である。

前も書いたり、話したりしているかもしれないが、私にとっては重要な初めの出会いをあらためて書いておこう。まず年代ははっきりしない。記憶力抜群の坪内さんなら、「岡崎さん、あれは○○年ですよ。だって、あの時○○が○○したんだから」と直ちに答えるはずだ。はっきりしているのは、お互い、まだ自分の著作を持たないフリーライターという身分であったことだ。

二人は三十代半ばか。私は雑誌のライター以外に、関西時代の仲間と書物を

テーマにした同人誌「ＡＲＥ（アー）」を作っていて、坪内さんにもそれは送られていた。この雑誌の存在を、最初に活字で触れてくれたのは坪内さんのはずである。これはありがたかった。私は無名だったが、その頃すでに、各方面で坪内祐三というとびぬけた書き手がいるという認知はされていたのである。

某年某月某日、私は雑誌の記事を書くために、京王線「八幡山」駅から少し歩く「大宅《おおや》壮一《そういち》文庫」にいた。ここで雑誌検索して、必要な記事をコピー（有料）してもらうのである。ネットが普及して、ここを使うマスコミは激減したが、かつてはみんなここを頼りにしていた。私も雑誌編集者時代から、じつによく通ったものである。

一階でカード検索（現在はパソコン端末）をして申請書を書く。二階に上がり、カウンターで申請書を提出し、選んだ雑誌が揃ったらカウンターから名前を呼ばれる。そういうシステムになっている。席に座り、自分の名前を呼ばれるのを待っていると、「坪内さーん」と声がかかり、隣りに座っていた青年が立ち上がり雑誌を受け取りに行った。何かで顔写真を見ていただろうか。とにかく、坪内祐三に間違いないと思い、席に戻ってきてから少し間をおいて「あのう、坪内祐三さんですか？」と私が言った。

業界で名前が知られつつあるとはいえ、外で知らない人に声をかけられる、なんてことはまだなかったろう。坪内さんは激しく動揺していた。そこで「あのう、『ＡＲＥ』をやっている岡崎武志です」と名乗った。すると「ああ、岡崎さん」とすぐ返ってきた。そこは静かに資料をチェックするところで、私語は慎まなくてはならない。終わったらメシを食いに行きましょうと、これはどちらから誘ったのだったか。とにかく二人で大宅文庫を出て、駅を過ぎ（その頃、八幡山の駅前に食べられるところは少なかった）甲州街道を渡ったあたりにある定食屋に入った。

ずいぶん後で、この時の話をしたら、坪内さんは「オレはB定食で、岡崎さんはC定食を頼んだんですよ」と、そんなことまで覚えていた。そこでいろいろな話をしたわけだが、これも私ははっきりと覚えていない。坪内さんによれば、「あの時、岡崎さんは、オレみたいなのが本を出すようになれば、僕も出せるようになると言ったんですよ」と、その通りのままではないかもしれないが、そういう意味のことを言ったらしい。それからすぐに始まる坪内さんの快進撃をみれば、ずいぶん失礼なことを言ったもんだと思うが手遅れである。

つまり、作家でもなく、大学教授のような専門性もなく、エッセイストの肩書きもなく、雑多な文章を引き受けて書くフリーライターは、その時代（二十五年くらい前だと思う）に著作を持つことは難しかった。私はすでに坪内祐三を書き手として意識していたが、こっちは吹けば飛ぶような存在だったのであるから余計にそうだ。

とにかく、ここで互いに認知を得た。そのあとすぐ、坪内さんが執筆し、編集部に出入りしている先述の「彷書月刊」に、「岡崎さんという書き手がいて、ぜったい原稿を頼んだほうがいいよ」と進言してくれた（と、後で知る）。古本屋探訪のような連載がいいのではないか、と企画まで出してくれて本当に始まったのが「気まぐれ古書店紀行」であった。マイナーな雑誌ではあったが、これが私の初の連載となり、古本および古本屋について文章を書く端緒となった。その後、この取材や原稿依頼が増えてきて、著書を持つまでに至る。古本ライターなどと、それまでになかった肩書きも得た。それが今日にまで至っているから、まちがいなく、坪内祐三さんは私の恩人である。

坪内さんとは「彷書月刊」との関わりで言えば、その後一緒に座談会に加わったり、同誌の忘年会に出たり、あるいは初の著書『ストリートワイズ』の出版記念会にも招かれるなど、しばらく交遊が続いた。二〇一〇年十月号（三〇〇号）をもって同誌が休刊してからは、あまり会わなくなった。この十年の坪内さんの活躍は華やかで、誰もが原稿を頼みたい書き手となっていた。著書もどんどん世に出て、まぶしいほどであった。そういえば、池袋「ジュンク」で、坪内さんとトークショーをしたことがある。調べてみると、二〇〇六年二月二十三日のことだった。タイトルは「人生いたるところに古書店あり!」。

「彷書月刊」恒例の忘年会を、神保町の「八羽《はっぱ》」でやった時、たぶん私が仕事の上の愚痴みたいなことを坪内さんに告げたんだと思う。忘年会がはねて二次会へ行く途中だったか、靖国通りを渡る横断歩道の途中で、坪内さんが後ろから追いかけてきて私にこう言った。「あのさぁ、岡崎さん。イヤなことがあったら、いつでも連絡しておいでよ。一緒に飲もうよ。おれ、何でも話を聞くからさあ」

私の脳裏には坪内さんの話しかけるこの時の姿勢と声音、点滅し始めた信号など、一瞬の光景がはっきり焼き付いている。うれしかったなあ。いい男だなあ、とも思った。同じような恩義を感じている人は、ほかにも大勢いるはずだ。

坪内さんが書評、評論の分野で開拓し、積み上げた仕事の質量は圧倒的で、とうてい我が仕事と比べられるものではない。他人から指摘される前にそう言っておく。だから、坪内さんと私が親しかったとか、分かり合っていたなどと言うつもりはないのである。ただ、お互いに、本が出たら必ず贈り合っていた。そのことは長らくずっと続いた。控えめに考えても、あの時「大宅文庫」で声をかけて、一緒に昼飯を食べて語らった日を、おそらく坪内さんも大事に思っていてくれたのではないか。ここ十年くらいは、数回しか顔を合わすこともなかったから、ほかに理由を考えられない。

私は近しい人たちが気軽にそう呼ぶ「ツボちゃん」を使う気にはなれなかった。あくまで「坪内くん」。私にとってはいつまでも「坪内くん」なのである。じゃあ、坪内くん、さようなら。

本を売る

我が家には二十一畳分の広さの地下があり、ここが書庫兼仕事部屋になっていることは、過去にいろんなところで何度も書いてきた。いつもされる「一体、何冊ぐらい本をお持ちなんですか」という愚問も飽きた。三万冊とは答えているが、それがどれだけの量か、こういう質問を平気でできる人には分かるまい。じつは、私も分かっていない。

とにかく、床にあふれだして積みあがった本を、もう本当になんとかしないと仕事に支障が出始めている。小まめに処分してきたつもりだが、買うスピードの量がいつも凌駕してしまう。ああ、こんなこと書くのもイヤなんだ。やめます。

今回、東京「盛林堂書房」に買い取りに来てもらった（過去に何度かお願いし

ている）のは、パソコンの導入で、デスク周りを整理する必要ができたから。金属のラックの上に、もうずいぶん長い間、視聴せず放置したブラウン管の大型テレビがある。これをどけないと整理が進まない。ところが、階段には腰の高さぐらいまで本が積み上がり、とうてい図体がでかく重いテレビを移動させるのは無理みたい。

そこで、本棚代わりに積み上げている階段の本を、撤去することにした。「撤去」が第一、である。だから、仔細に点検して「これを残そう、これも必要」なんてやっていたら、ことは進ま

ない。階段の本に、いかなる必要な本が混ざっていようと、なかったことにして目をつぶって売ることに決めた。こういう処分の仕方は初めてだ。

盛林堂さんが手慣れた段取りで、階段の本をつぎつぎと重ねてナイロンひもで縛っていく。縛られた本を私が受け取って、一階の駐車場に近い床に積み上げていく。その際、縛られた本を見れば、「あ、これはダメ。必要だから抜いておこう」と動揺する。するに決まっている。だから、目をつぶるようにして運び出した。

次回も早いうちに来てもらって、また同量程度を同じやりかたで処分したい。とにかく蔵書をもっと活用できる状態まで減らしたい。一万五千冊ぐらいが適量ではないだろうか。たぶん、後になって売ったことを後悔する本が出てくるだろうが、そのときは図書館で借りるなり、また買えばいいのだ。まあ、ちょっと負け惜しみも入っております。

江戸期の紙は貴重品？

柳家三三《さんざ》は柳家小三治《こさんじ》門下の高弟で実力と人気を兼ね備えた当代指折りの噺家。友人に誘われ、草月《そうげつ》ホールで古典と新作（北村薫の小説を原作とする）の連続公演に通ったことがある。ＢＳ放送のＴＢＳ落語研究会で「五貫裁き」を聴く。講談ネタ「大岡裁き」の一つ。名奉行・大岡越前の見事な裁きが眼目である。「あらすじ」をいちおう書くが（面倒だが仕方ない）、「半紙」に関わる部分に注目いただきたい。

ヤクザから足を洗って八百屋を始めようという八五郎が主人公。大家に相談したところ、「奉加帳《ほうがちょう》」を持って町内を回り、寄付をしてもらえというので、最初、大口の「徳力屋《とくりきや》」という質屋の大店へ行く。しかし、ここで一文しか寄こさないことから騒動になる（「一文惜しみ」という別の題あり）。煙管を投げつけられて額に傷をつけられた八五郎が、大家に報告に行ったところ、面白くなってきたとお上に訴え出ることに。

結果は意外や八五郎の敗訴で、「五貫（五千文）」の罰金を、一日に一文ずつ払うことに。もとは「一文」がもとで起きたケンカだった。それが五千文とは。ところが、ここに大岡裁きの妙があった。大家からもらった一文を、八五郎が毎日、徳力屋へ届け、必ず受け取りを書いてもらい捺印して証文とする。たった一文のことで、相手にとってはこれが面倒だ。徳力屋は主人が、毎日、町役五人衆を同道し、この一文を奉行所へ届けなければならない。奉行にそう申し付けられたのだ。これが向こう五千日続く。大変な手間とお礼を含めた出費の大きさに徳力屋が音を上げ、示談となる。これが大岡越前の狙いであった。

まあ、ざっくりとそんな話だが、八五郎が徳力屋の番頭に受け取りを頼む時、番頭が一文のために半紙一枚使うのは割に合わない、みたいなことを言う。私が「！」と思ったのはここである。まず、一文とは現代でいえばいくらぐらいか。江戸期二六五年の間に物価変動はあって、正確には割り出せないが、落語「時そば」ほかで登場する「かけそば」一杯の値段が「十六文」。これを現在の四百円とみて、一文は二十五円ぐらいと見て当たらずとも遠からずかと思う。となると、半紙一枚は二十五円以上するのだろう。いやに高いな、と私はその時思ったのだ。

現在、学校の書道で使う一般的半紙は、一帖（二十枚入り）が六十円から百円ぐらいで買えるようだ。一枚は五円以下。ただし、これは素材がパルプとなり、大量生産できるようになった上での価格である。江戸時代、こうした量産のパルプ紙はまだ存在していないから、手漉きの雁皮紙《がんぴし》など上質になれば、たしかに二十五円以上するかもしれない。紙は当時、貴重品であった。落語に、よく出てくる「紙くず屋」はいわゆる廃品回収だが、家庭から出る紙ごみを買い取り、選別後リサイクルする。

このシステムは現在でも生きているし、我々の子ども時代ぐらいまでは、紙を粗末にするな、という教えが生きていたように思う。エッソ・スタンダード石油が刊行したPR誌の傑作「エナジー対話」の十三号が加藤秀俊＋前田愛『明治メディア考』（一九七九・のち中公文庫に収録）。ここで前田の「明治でいうと、小学生はだいたい石板を使っていた」の発言を受け、加藤は紙が大切にされた時代を回想する。

「私の子供のころでも、お習字の練習は新聞紙でした。新聞紙がまっくろになっても、墨はいったん乾くとその上にまた書けるので、墨の上に墨で書き、繰り返し練習させられた。よほどでないと清書の半紙はつかわせてもらえなかった」

加藤は昭和五（一九三〇）年生まれ。すでに量産パルプ紙の時代で、半紙もそんなに高くはない。それでも紙は貴重品という意識は残されていた。私の子ども時代もそうで、やはり習字の練習は、新聞紙を使っていた。週刊朝日編『続続・値段の明治大正昭和風俗史』（朝日新聞社）の「半紙」の項目によれば、「半紙」一帖の値段は、明治二十年が一銭。加藤の子ども時代（昭和十五年）が三銭。私が子どもの時代（昭和四十年）には十五円だった。参考までに昭和三十一年の木村屋のあんぱんが十二円。（四十三年に十五円）。やはり、そんなに高価なものではない。

「半紙」のエッセイ部分の執筆者は書家の篠田桃紅《とうこう》。大正二（一九一三）年三月二十八日生まれで私と同じ誕生日。ここで篠田は、半紙が「ものを包んだり、お盆に敷いてお菓子を盛ったり」する「親しみ深い紙」で、「お年賀回りに、半紙を持ってゆく習慣もあった」ことを伝える。また、小学校の書道の時間では「練習用はパルプの半紙で、お清書は改良半紙を使ったように思う」と貴重な証言を寄せている。

横浜山手「大和町通」直線の謎

早稲田大学で教鞭を取った国文学者で、洒脱な随筆の名手だった岩本素白《そはく》の『素湯《さゆ》のような話　お菓子に散歩に骨董屋』（早川茉莉編・ちくま文庫）を読んでいると、こういう件にぶつかった。

「川は、みな曲りくねって流れている。道も本来は曲りくねっていたものであった。それを近年、広いまっすぐな新国道とか改正道路とかいうものが出来て、或は旧い道の一部を削り、或は又その全部をさえ消し去ってしまった。走るのには便利であるが、歩いての面白みは全く無くなってしまったのである」(「白子の宿――独り行く、二」)。

これには我が意を得たり、と思ったものである。たとえば昔の旅人が、同じ一里(約四キロ)を歩くのに、もし、ただただ真っすぐな道だったらどうだろう。行けども行けども、目の前に遠近法の消失点があり、少しも近づいた気がしない。しかも単調である。これでは足を運ぶ気力を失っただろう。

古本屋探訪で横浜市中区大和町の「古書自然林」を訪れた時の話をする。その時は、べつになんとも思わなかった。ところが地図をよく見たら、自然林のある大和町通はJR山手駅前から本牧通にかけて、六〇〇メートルほど直線になっている。ほんと、定規で線を引いたように、みごとに真っすぐ。これがたとえば関内に目を移せば、街路が碁盤の目のように街を区分し、直線の交差が当たり前で、そうでない道路を見つける方が難しい。

しかし、大和町通に関していうと、周辺を見渡すとここだけが、あえて言えば不自然なほど直線なのだ。この一帯は両側から斜面が迫る、いわば谷筋で、他の道はみな曲りくねっている。なぜここだけがそうなのか。疑問に思っていたら、ちゃんと由来があったのである。

横浜という地名は、江戸期漁村だった町が埋め立てられ、開港され整備されていく際、浜が横に広がっているところからついた（諸説あり）。その開化期に、現在の「港の見える丘公園」あたりにイギリス軍が駐屯していた。その射撃場として目をつけ整備したのが、現在の大和通だという。だから真っすぐなのだ。江戸時代はあたり一面が水田であった。すごい話だなあ。

真っすぐな道に理由があった、とは！　調べてみるもんです。

2

根府川の海へ、そして二宮へ

旅・さんぽ

垣根の曲がり角を曲がり「石丸澄子ポスター展」へ

爽やかな五月の風吹く週末、「石丸澄子ポスター展」初日へ行くため、中野上高《かみたか》田《だ》「土日画廊」へ。同画廊は実験画廊として古民家の二階を改装し、一九九五年に開廊。私は今回の訪問が二度目か。最寄り駅の西武新宿線「新井薬師前」は、いまだ地上駅。線路際は地下化の工事中。

駅南側の路地にへばりつく飲食街を抜けると、すぐ閑静な住宅街となる。こんなところでアパートの一室を借りて、隠れ家にしたいなどと考える。信号を折れると、前方に大きな欅《けやき》、宏大な敷地を囲む竹垣が見え、これが童謡「たきび」の発祥となった「垣根」であり、江戸時代から続くというもと名主の屋敷。「垣根の垣根の曲がり角」を左に曲がるとすぐ「土日画廊」が見える。まさに普通の民家。休廊が月〜水（かつては土日のみ開廊）。看板がなければ通り過ぎてしまうところだ。

石丸澄子さんは、かつて西荻「なずなや」の古書店主で、シルクスクリーン作家として、私の著作の装幀をいちばん多く手がけてくれた。その他あれこれ、長いつき合いになる。「土日画廊」ホームページに掲載された本人の弁を引用しておこう。

「古書即売会『本の散歩展』のポスターを刷っていました。シルクスクリーンの手刷りです。一九九六〜二〇一五年（春秋年二回）。今回は、その後半、二〇〇九年以降のモノを展示します。会場は、昭和四十六年に建った民家の二階を使ったちいさな画廊です。昭和の犬のようにクンクン嗅いでお越しいただければウレシイです。（石丸）」

狭く急な階段を上がり、靴を脱いで部屋へ入ると、奥で澄子さん、友人で漫画家の久住卓也さん、オーナーの女性が酒宴を開いていた。すでに見慣れたポスター作品をざっと見て、酒宴に加わる。お三人とも「美學校」の出身者。「美學校」の説明は長くなるから省略。おにぎりの形の話に始まり、スマホの習熟と料金、行きつけの飲み屋、美學校の卒業生と飲めや話せやの二時間強となった。

　印象に残ったのは、澄子さんが手刷りのポスター製作を自宅でやっている話。手刷りで一二〇枚（「本の散歩展」ポスター）は、同じくシルク作者でもある久住さんに言わせれば「とんでもないこと」（激務の意）。大きな音が出る

から夏場でも窓を閉めきり、扇風機も止めて作業をする。刷りに使う溶剤にはシンナーが混ざっていて、長時間、籠っていると酔っ払うそうだ。「それだけ手間をかけて作っても、（古本屋さんたちは）テープで壁に留めて、終わるとくしゃくしゃにして捨ててしまうんだよね。また、それが、（ポスターのあり方として）気持ちいいって、澄子さんは言うんだよね」と、久住さんが代弁する。

なるほどなあ、澄ちゃんらしいやと思った次第である。

住所は渋谷区、気分は新宿

深酒してベッドに倒れ込み、深夜目覚める。いかんな、こういうことじゃ。録画しておいた映画『深夜食堂』（二〇一五）を観る。原作はマンガ（安倍夜郎《やろう》）だが、私は読んでいない。次々回の「中川フォークジャンボリー」（私が進行を務めるフォークライブ）ゲストがスーマーさんに決まっており、この『深夜食堂』の挿入歌を歌っている。それでチェックしたのだ。新宿の裏通りにある街角で（映画ではセット が組まれた）深夜零時から朝まで営業する深夜食堂「めしや」が舞台。コの字カウンターの客席を一人で切り盛りするのは、マスターの小林薫。顔の左側に額から頬まで刀傷がある。顔見知りの常連たちが、ほとんど毎晩のようにここに立ち寄る。そこで起こる悲喜こもごものドラマが丹念に撮られ、思いのほかよかった。非常に感心した。

映画のことを語り出すと長くなるので、一点だけ。小林薫は住居を別に持ち（団地に住む）、自転車で店に通っている。仕入れのため八百屋へ行くシーンがひんぱんに映るが、途中、長い坂を上る。段丘に沿って細い坂が続き、途中で直角に曲がる。その坂の曲がり角の住居表示が「柏木町二丁目一二」。これは架空のもので、実際にはない。ただし「柏木町」は、現在の新宿区北新宿あたりの旧町名として存在した。現存する「柏木小学校」などにその名が残っている。そう言えば、三遊亭圓生《えんしょう》がこの町の住人で、「柏木の師匠」と呼ばれていた。何が言いたいかというと、小林薫が自転車でいつも上る坂に、私は見覚えがあった。ああ、あそこ

「深夜食堂」
2015
小林薫

OKATAKE.
山手通り
神田川
「深夜食堂」の坂
渋谷区
本町3
西新宿5
新宿駅
十二社
1960 富岡・池田

だと気づいたのだ。『ここが私の東京』連載で、富岡多恵子と池田満寿夫を書いた回がある。二人が若くして住んだアパートが渋谷区本町三丁目二七にあり、取材のため辺りをたんねんに探索した。その際、見つけた坂だった。

じつは、この渋谷区本町三丁目だが、エリアとしては、西新宿五丁目に岬のように食い込んで突き出ている。最寄り駅は都営大江戸線「西新宿五丁目」だから、住所は渋谷だが、気分は新宿と言っていい。富岡のいた頃（一九六〇年）は、まだ大江戸線が開通していない。新宿駅まで歩いたのだ。地下鉄で最寄り駅ができると、もう見えない風景をまだ二〇代半ばの富岡多恵子は見ていた。

「新潮講座」漱石からハルキへ

これでもう何度目になるか。新潮社主催の文化講座「新潮講座」の文学散歩「オカタケ散歩／新潮文庫を歩く」を、梅雨の際中《さなか》に挙行。午後二時に神楽坂にある教室に集合。三十分ほど、参加者を前に本日のコースと、テーマである「漱石からハルキ（村上春樹）」について少し話す。神楽坂下交差点の南、地蔵坂は『それから』で三千代が代助の家を訪ねて登った。体の弱い三千代は喉が乾き、代助の家にあったスズランを生けた花瓶の水を飲む。エロティックなシーンだ。だから代助の家は、地蔵坂の奥、かつて「藁店《わらだな》」と呼ばれたエリアにあった。関川夏央が神楽坂を歩いていると、リービ英雄とばったり会う。「あなた、このあたりに住んでるの」と聞くと、そうだという。漱石『それから』の代助の家があったところと関川が教えると、非常にそれを喜んだ。そんなエピソードを生徒さんたちに教える。この日の参加は、当日キャンセルもあり十七名。町なかをぞろぞろ歩くには、二十名を超えると、やや大変になる。

神楽坂を出発、ずっと下りとなる早稲田通りを西へ。弁天町交差点を南へ。またすぐ西の路地を入ったところに「漱石山房記念館」がある。ここを見学し、よくぞ残された一九二八年築のモダン建築、復興小学校「早稲田小学校」を愛で、夏目坂へ。坂を下りたところに生誕地の碑が立っている。いま、「やよい軒」というチェーンの定食屋の入口の前だ。かつて漱石が生誕した屋敷がここにあったと、ごはんお代わり無料の定食屋でモリモリ食べる、どれだけの若者がそのことを知るだろうか。

すぐ隣り、早稲田駅前交差点角に「小倉屋酒店」。なんと漱石生誕の頃より、さらに前からこの地にある。講談、浪曲でおなじみ「高田馬場の仇討ち」で、中山安兵衛（のち堀部）が、仇討ちの助っ人に駆けつける途中、この酒店に立ち寄り、一升酒を飲んだ。その枡が家宝として残されている、という由緒ある酒店だ。長くなるので以下省略するが、早稲田大学構内を突っ切って北門脇にある「古書ソオダ水」、神田川の駒塚橋を渡り胸突坂へ。その上に早稲田に入学して半年間、村上春樹が寄宿した「和敬塾」という寮がある。丹下健三設計の聖マリア大聖堂の尖塔を眺め、目白通り沿いにある古本屋「青聲社」へ。ここが締め。

昼過ぎまで、あるいは夕方まで降った雨が、われわれが歩く間、ちょうど止んでくれた。風が涼しく、晴れの六月より、よほど快適に過ごせたのだ。

「新潮講座」では、手書きでコース地図を作成し、また準備のための勉強も相当する。事前に下見もするから、時間と労力を換算すると、とうていギャラには見合わない。しかし、どうもこういうことが私は好きらしいのだ。地図を書いたり、作家と土地の関係について勉強したりすることを。次回（九月）は鷗外と乱歩を訪ねて谷中へ。そのあとも、続々と企画を立てて準備中だ。

テキストが新潮文庫に現存という縛りはあるが、大岡昇平『武蔵野夫人』と国分寺・武蔵小金井、堀江敏幸『いつか王子駅で』と都電荒川線、梶井基次郎『檸檬』と本郷・飯倉、伊藤左千夫『野菊の墓』と寅さんをからめて柴又から矢切の渡し、山田太一『異人たちとの夏』（これは浅草だ）、吉行淳之介『原色の街・驟《しゅう》雨《う》』と東向島（鳩の町）などを予定している。あと、やりたいのが志賀直哉『小僧の神様』（のち実現、八六ページ参照）。神田の秤店の小僧・仙吉が、おつかいで東京駅八重洲口南にある鍛冶橋まで路面電車に乗り、帰りは電車代を浮かすため歩いた。浮いたお金で寿司を食べようとしたのだ。この帰りのコース（鍛冶橋〜神田）を歩きたい。現在の外濠通りを、市電（のち都電）が走っていた。外濠線は、漱石の作品ほか日本文学によく登場する。文学と二人三脚の散歩は、東京の風景をより魅力的に変身させる。

銀座は一種の外国だった

銀座に本社移転した春陽堂書店を訪ねる。『これからはソファーに寝ころんで』の表紙を手がけて下さった森英二郎さんも見えるというので、森さんによる表紙画をプリントした特製Tシャツを着ていくことにする。これはもう当然でしょう。

春陽堂書店新社屋が入るビルの最寄り駅は東銀座、ということだが丸ノ内線銀座駅から歩く。銀座を歩くことはいつも楽しい。和光、三越が対面する銀座四丁目交差点などいつも薄いバラ色の靄がかかっているような気分だ。そのまま晴海通りを歌舞伎座方面へ。三原橋周辺が大規模工事中。かつて、ここは三十間堀《さんじっけん》川が埋め立てられた後の三原橋が、太鼓橋の名残りを盛りあがるかたちで残し、地下には映画館「シネパトス」ほか飲食店などが入っていた。いま思うと、不思議な空間だったと思う。近くのビルに、女優の和泉雅子さんの事務所が入っていて、取材で出かけたことがある。和泉さんが主演された浦山桐郎《きりお》監督『非行少女』のことを最初に持ち出し「昔のフランス映画みたいに美しい作品でした」と私が言うと、「ま、うれしい！」と盛りあがって、取材がうまく運んだことを覚えている。

改装なった歌舞伎座が見えてきた三原橋交差点。フリーになりたての時代、マガジンハウスのライターとして、この交差点をよく渡ったものだ（ただし私が仕事をしていた雑誌編集部は少し離れた第二別館にあった）。一九九〇年代初頭、まだ出版界も景気がよくて、編集者にくっついて歌舞伎座界隈でビーフシチュー、うな重などをごちそうになった。ラーメンの美味い店もあったなあ。

新・春陽堂もここからすぐ。約束の時間より一時間近く早く着き、交差点角のカフェ「プロント」二階で休憩。そんなつもりはなく持参した吉田健一の小説『東京の昔』（中公文庫版）を読む。もう三度目か四度目か。筋らしい筋はなく、登場人物は少なく、たゆたうような文章に身をまかせるタイプの小説で何度でも読めるし、一部分だけ読んでもいい。昭和初年の、春になったら風が吹いて埃っぽい東京が舞台。本郷、六本木、神田神保町、そして銀座が登場する。

「その頃は銀座が東京に住んでいるものにとって一種の外国だった」と、はるか後年に述懐するかたちで主人公が語る。「数寄屋橋という橋が本当にあってその下を掘り割りの水が流れていて三原橋も橋であり、その下を流れる水と数寄屋橋の下を流れるのを別な掘り割りが縦に繋いでいる」のが銀座という街だった。「三原橋」という言葉にドキッとする。いま私がいるのがそうだ。しかし、もう水は流れていない。


また「兎に角銀座も賑かなのよりも明るくて静かな町で人にぶつからずにゆっくり舗道が歩いて行けた」とあるが、いまじゃそうはいかない。とくに銀座四丁目交差点周辺は、半分以上が外国人観光客の群れで埋めつくされ、通り抜けるのにもひと苦労だ。夕暮れになると、各店に軒燈《けんとう》が点る。これは本郷の風景。

「それを幾つも見て晩飯のことを思いながら家に帰るのでもそれが東京の夕方だった。そして豆腐屋の喇叭の音も聞えて来る。そうすると電車が通る音も昼間程は響かないようで凡てこうして眠りに誘うのに似た条件が実はそれから何をする気を起すのにも適していた」

知らないはずの時代の東京が破格の文章で無性に懐かしくなる。なお『東京の昔』は、現在ちくま学芸文庫に収録されています。

岡谷、そして信濃境駅へ

九月に予定していた一泊の東北取材が事情でキャンセルになり、思いがけず身体と心が空いた。いろいろ机上でスケジュールを組み立てていた、その逸る旅心に火がついたまま消えない。無性にどこかへ出かけたくなった。

八月の終わり、五日間有効で九月十日までが期限だというのに「青春18きっぷ」を買ってしまう。そのつもりで準備して早朝、最寄り駅へ。八王子六時三十五分始発の普通列車松本行きに乗る。これまで何度も乗ってきた便だ。中央本線普通列車だと、だいたいが甲府あるいは小淵沢止まりが多く、乗り継いで松本というパターンが多い。しかしこの列車は、乗り込めば松本まで運んでくれるのだ。所要時間は約三時間四十分。これを使って、何度か松本へ出かけた。

今回は岡谷で途中下車。手前の上諏訪、下諏訪へも行ったことがある。岡谷は、ずいぶん昔に家族で車を使った信州旅行へ出かけた折り、ここに立ち寄って武井武雄の個人美術館「イルフ童画館」を訪ねたことがある。しかし、町歩きはしていない。今回、ちょっと町をぶらついてみようと思った。古い町並みが残っているはずだ。

移動の車中では景色を見たり、本を読んだり、うつらうつらしたりして岡谷着は九時四十二分。駅なかに観光案内所がない。駅を出てすぐの商業施設に市役所の出張所として案内所があるという。オープンは十時。小雨のなか、少し待つことに。空気はひんやりとして肌寒いくらいだ。シャッターが開いて、一番乗りで案内所で観光地図をもらう。「一時間ほど、町をぶらつきたいと思って」と言うと、「一時間、ですかあ!」と驚かれる。困ったことに、私は神社仏閣、名所旧跡などに興味がない。また「古い町並みが残っているところ」と言えば江戸時代ぐらいまで遡ってしまう。違うんだなあ。昭和四十年代、高度成長期あたりに建てられたビルが、時代に取り残されて朽ちたように残っている「町並み」が見たいのだが、そんな説明は難しいし、言われた方も「はあ？」となる。黙って地図をもらうことだ。

わがまま気ままに岡谷を歩き、十一時十四分の上りをつかまえ、もう帰還だ。岡谷も張り合いのない観光客を下ろしたものだ。今回、思うところがあって、ぜひとも信濃境駅で下車したい。なぜか？　一九九七年にＴＢＳ系で放送された連続

ドラマ『青い鳥』は、この信濃境駅で撮られた。私は再放送を、全部ではないが見ている。主演の豊川悦司が架空の「清澄駅」の駅員という設定で、撮影は信濃境駅が使われたのだ。乗降者数がいかにも少ない木造平屋の寒駅。最近になって「あれはどこの駅だろう」と検索して信濃境駅と知ったのだ。わざわざそのために訪ねて行くほどの情熱はないが、今回のような「ただどこかへ行きたい。電車に揺られてたい」という旅のついでなら似合っている。

ここの滞在も約一時間。駅で降りたのは私のほか一人。駅はドラマ撮影の当時そのままで、「ドラマ青い鳥」うんぬんの表示があった。

やっぱりドラマを見て訪ねてくる人がいるのだろう。二十数年たって改札は無人駅に。待合室にはドラマゆかりの場所を示した観光地図、スチール写真などが飾られてあった。第一話でトヨエツが早朝の町を自転車で走り、駅へ向うシーン。商店街を抜けるが、これは隣り駅の富士見と信濃境の合成だという。現在、信濃境駅前に郵便局はあるが、商店らしきものは婦人用品店と一軒の飲食店「しなの」以外は店を閉じていた。もちろん、コンビニ、立ち食いソバ、牛丼チェーン店の類もない。人影も見当たらない。

駅前から真直ぐ、かなり急な下り坂の一本道が延びている。その向うは青い山だ。このあたりの標高は九〇〇メートルあるらしく、たしかに涼しい。駅前には白樺の木が一本立っていた。入るとここだけ人がたくさんいる「しなの」で日替わり定食を食べ、再び上り列車に。甲府、高尾と乗り継いで、まだ明るいうちに東京へ帰ってきた。私の旅は、地元にとってはずいぶん愛想なしだが、これでじゅうぶん満足なのであった。いろいろとわがままが効かない世の中。せめて単独旅くらいは、わがままにいきたいものだ

根府川の海へ、そして二宮へ

詩人の茨木《いばらぎ》のり子（一九二六～二〇〇六）の初期詩編に「根府川《ねぶかわ》の海」がある。名作である。最初の方を引用しておく。

根府川《ねぶがわ》／東海道の小駅／赤いカンナの咲いている駅／／たっぷり栄養のある／大きな花の向こうに／いつもまっさおな海がひろがっていた／／中尉との恋の話をきかされながら／友と二人ここを通ったことがあった／／あふれるような青春を／リュックにつめこみ／動員令をポケットに／ゆられていったこともある

詩の鑑賞はわが役目にあらず。不明瞭なところも特にないだろう。戦時中に青春期を送った茨木（詩「わたしが一番きれいだったとき」）は、東邦大薬科の学生だった時、軍需工場へ動員される。詩に使われた「動員令」、のちに登場する「菜ッパ服時代」にその片鱗がうかがえる。十九歳で終戦を迎えた茨木は、動員された軍需工場から解放され、実家へ帰る車中の属目《しょくもく》が「根府川の海」の詩ダネとなった。

私は、ずっとこの詩に謳われた「根府川」駅から海が見たいと思っていた。いや、東海道線を上下する際、この駅に停車（通過）するたび、意識して見てはいた。しかし、わざわざ途中下車してホームに立つことはなかったのである。

それで八月の終わり、「青春18きっぷ」を使って、根府川まで出かけて来た。新宿駅経由で「湘南新宿ライン」という快速に乗り、根府川は国府津《こうづ》と熱海の中間、小田原の二つ先にある小駅（無人改札）である。この駅の特筆すべきは、崖ともいうべき斜面の途中にホームがあり、目の前に相模湾が一望できることだ。こんなロケーションを持つホームは、数少ないと思われる。遮蔽するものは何もない。ホームの先が、ただきらきら光る海、なのである。「たっぷり栄養のある／大きな花の向うに／いつもまっさおな海がひろがっていた」と書かれた、まさにその通り。ただし、私が行った時、カンナの花は見当たらなかった（見落としているかもしれない）。水色の木造跨線橋を渡った先が駅舎で、たくさん花が植えられ、小さな石造りの池に鯉が泳いでいた。

もうこれだけで満足。駅周辺をぶらつき、崖下を下り、国道一号線を歩いたことも省略。上りに乗車し、次に向った駅が「二宮」だった（国府津と大磯両駅の中間）。根府川に比べたら、こちらは「街」。広い駅前ロータリーや商店もある。な

ぜここで降りたか。じつは、「夏の葬列」「海岸公園」で知られる作家の山川方夫《まさお》（一九三〇〜六五）がここに住んでいた。没年三十四歳と生が短いのは、一九六五年、二宮駅前の国道一号交差点でトラックに跳ねられ、それが元で死去したからである。

積載重量オーバーのトラックは、ブレーキが効かず、山川に体当たりした。山川は書いた原稿を鉄道便（そういう制度があったのだ）で東京へ送るため駅に行き、その帰り、事故に遭った。不思議な話だが、事故の一年後、ちょうど山川の命日に、加害者のトラック運転手は不慮の事故で死亡している。

山川が遭難した交差点に、何かそれと分かる碑や表示板があるわけではない。ただ、山川を偲んで、私は交差点に立ちたかった。静かに数秒瞑想し、住宅街を抜けて、山川が見たであろう海を見に行く。茨木が見たのと同じ相模の海。しかし、国道に阻まれ、その向うは崖で、とても近付けない。近く見える海は遠かった。

浅草待乳山から六区、翁そばでカレー南蛮、長谷川きよし

「朝日新聞」金曜夕刊の招待券プレゼントコーナーに、わりとマメにハガキを送り、年に何度か当たる。はずれても優待券送付というケースもあって、これは半額ぐらいで公演が見られる。浅草公会堂「長谷川きよし」の優待券（二名まで可）が今回当たって、妻に打診してみると、行くというので久々浅草へ。同様の「優待券」を使い、これまでに歌舞伎座で大歌舞伎、山本潤子、中尾ミエ・伊東ゆか

り・園まり、布施明などを見てきた。いずれも大満足の公演であった。とくに山本潤子は、この年（二〇一四年）で歌手を休業するということで、行っておいてよかったと思っております。

開演一時間前ぐらいから優待券と入場券の引き換えがあり、私だけ先乗りで浅草へ。少し余裕をもって出かけたので、いつも行かない言問橋《ことといばし》方面、隅田川沿いの公園をそぞろ歩いてみる。川沿いに続く遊歩道と公園は、ウォーキング、ジョギング、犬の散歩、子供を遊ばせる母親など、けっこうにぎわっている。右側にずっと、高いビルに隠れながらも時々スカイツリーが見える。桜の時期には、この一帯、人だらけになるだろう。

前から気になっていた「待乳山《まつちやま》聖天《しょうでん》」へ足を運ぶ。小高くなった丘の上にあり……と書くと話がどんどん長くなるので端折るが、この近くで池波正太郎が生まれている。面白いのは駐車場から本殿脇まで、ミニケーブルカーがついていることだ。歩いて来る参拝客は意外に気づかないのではないか。もちろん私は乗ってみる。降りて、すぐまたそのまま上ってきたのだが。

このあと裏浅草から浅草寺境内を通り抜け、浅草公会堂で送られてきたハガキを入場券に引き換える。一番端の方ではあるが、前から五列目といい席だった。開演まで時間があるので、「翁そば」（台東区浅草二―五―三）でカレー南蛮を食べる。前から「ここのカレー南蛮は美味い」と聞いていたのだ。丼の縁からこぼれそうなほど、たっぷりしたカレー餡に、そばが沈んでいる。ハフハフと平らげる。ほかの客も八割方はこれを注文しているようだった。

そして待ってました。長谷川きよし七十歳のステージを妻と並んで体験する。

生は初めて。軽妙な喋りを挟んで、超絶のギターテクニックと、伸びのある歌唱によるの圧巻の二時間。あっというまだった。いやあ、堪能しました。さっそく中古でベスト盤のCDを買う。長谷川は幼い頃に失明して、盲目の歌手となる。ステージまでは付き添いがサポートするが、ギターにカポをはめたり、椅子の下のペットボトルの飲料水で水分補給をするなどは、すべて誰の手も借りず、自分でやる。

若い頃の話だが、長谷川は目が見えているのではないか、という噂が立ったことがある。一人で歩いていて、街角を躊躇なく曲がるさまを目撃されたり（「風の変化でわかります」とのこと)、麻雀はともかくトランプをしているなどの伝説が生まれた。視力に頼らない分、ほかの感覚が非常に発達したのだと思われる。とにかく、歌とギターは天下一品だ。ラストの「愛の讃歌」に体が震える。

カモメに追いかけられながらフェリーで島原へ

十月中旬の熊本~島原~福岡の旅について書きたい。熊本に「舒文堂《じょぶんどう》河島書店」という明治初期創業の老舗古書店があり、ここは熊本五高教師時代の漱石が通った店としても知られる。この店の五代目若旦那・河島康之さんが、私と古本屋探訪の雄「古本屋ツアー・イン・ジャパン」こと小山力也さんの同地での講演を企画、実施してくれたのだ。

以下、古本屋探訪については書く予定の「古書通信」を読んでいただくとして、ここでは旅の話。熊本で一泊し、そのまま東京へ帰るはずだったが、せっかくの九州入りだからもったいない。自腹で福岡に一泊し、もう少し九州を移動することにした。十八日朝、前の晩に講演をした鶴屋百貨店の裏にある「小泉八雲熊本旧居」を見学した後、市電に乗って熊本駅へ。前回、二〇〇一年二月に熊本へ来た時も空からだった。熊本駅を見るのは初めて。新幹線の開通により、モダンで立派な駅舎になっている。

熊本に行くにあたって、私に秘かな野望があった。フェリーにぜひ乗りたいと思ったのである。熊本港から有明海の内海を横切って、対岸の島原までフェリーが出ている。持参したガイド本が観光の中心地本位で、熊本全体の様子がわからない。「小泉八雲熊本旧居」でもらった観光地図が全体をフォローしていた。それを見ると、駅から港までそんなに離れていない。市電の停留所二つ分くらい。それなら歩けると踏んで、熊本駅の観光案内所で尋ねたら「え、歩かれるんですか？遠いですよ。無理じゃないでしょうか」と言うではないか。そこで件の地図を見せたら、どうやら周辺部の縮尺が正確ではないらしい。中世の地図みたいなのだ。あとで確かめたら約十三キロの距離があった。「無理」と言われても仕方ない。

フェリーで島原へ渡りたいと重ねて尋ねたら、熊本駅から無料のシャトルバスが出ているという。本当は事前予約らしいが、席が空いているから大丈夫と確認して、発車までの間に、昼飯を済ませる。駅なかの手打ちうどんの店「ふく泉《いずみ》」に入る。私はきつねうどんにおでん種の丸天をトッピング。別に小山さんとシェアするつもりでいなり寿司二個を。うどんはつるつるしこしこタイプで、出汁は醤油くさくない薄出汁で、こっちも好み。上通《かみとおり》商店街で食べたとん骨ラーメンもうまかった。熊本は麺の実力が高い街である。

シャトルバスに乗り込んだのは我々含めて六、七名。国道をひた走り、トンネルを抜けて、港近くの荒涼たる風景を眺めながら、これは歩かなくてよかったと思う。フェリーに乗り込んだのは現地からの客を含め十名くらいか。よくこれで採算が合うなあと思って客席外デッキにいたら、眼下を次々と乗用車、トラックが乗船してくる。それで納得。たしかに熊本から長崎へ車で向かうのに、地べたなら有明海をぐるりと巡り大回りになる。フェリーならショートカットできるのだ。

相棒の小山さんと二人、客室に入らず、船尾デッキのベンチに腰掛けて白く波立つ航跡を見る。途中から、いつまでもずっと十数羽のカモメがフェリーを追いかけてくるのに気づく。小山さんによると、このフェリーは客によるカモメの餌付けで有名だという。売店でエサ用にかっぱえびせんが売られ、そのエサ目がけカモメが群がり接近してくる。何かもらえると思い、この日もカモメが追いかけてくるのだった。何もあげられなくてごめんなさい。

ビール片手に、男二人でずっとカモメを見ていた。小さな目までよく見えた。こんな近くでカモメを拝むのは初めてかもしれない。やっぱりフェリーにしてよかったのだ。カモメを見ているうち、対岸の山影が大きくなってきた。雲仙普賢岳である。静かな入江に突堤が近づいてきた。なんだかあっという間の一時間であった。島原は小雨に煙っていた。そこに、いかにも旅情を感じた。このあと島原鉄道で「島原」下車。少し町を散策し、再び島原鉄道で「諫早」へ。いつのまにか駅舎がきれいに改築され大きくなっていた。諫早を訪れたのは、もう十年も前か。そのときは路面の鄙びた駅だった。どうやら新幹線が開通するらしい。特急「かもめ」自由席で博多に着いた頃は日が落ち、もう闇が包んでいた。

秋晴れの日曜日は銭湯へ

秋深まる晴天の日曜の午後、急に思い立って銭湯へ出かける。私が住む国分寺市内でいうと、三キロほど離れた「孫の湯」、ここがいちばん近かった。いわゆる唐破風《からはふ》屋根の神社のような建築で堂々たる威風をはらっていたが、先年廃業し、今は解体されてしまった。映画『ALWAYS 続・三丁目の夕日』でロケ地として使われたほど、昭和な風呂屋だった。ここが使えないとなると、今度は隣りの市・立川市の北、東大和市の南街《なんがい》という町に「富士見湯（健康セントー）」があり、こちらへ行くしかない（同じ東大和市内に神明《しんめい》湯があり、踏破済み）。相当昔の話だろうが、かつて富士山が見えたことからのネーミングだ。まちがいない。

自転車でぶらぶらと三十分ぐらいか。行くのは初めてである。午後一時から営業、というのは早い。券売機でチケットを買い、番台に渡すスタイル。最初、番台へ直接行って、「券を買って」と指さされて、初めて気づいたのだ。私は銭湯マニアではなく、年に数回、気まぐれで入るだけなので細かな描写は避ける。広々とした湯舟で温まればそれでいいのだ。露店風呂つき。サウナやミルク色した薬湯（シルク湯と呼ぶ）もある。湯の温度は四十度強でちょうどいい。

体をさっと洗って屋外の露店風呂へ。細長の浅い湯舟に首まで浸かる。八十年輩の御老人が「おお、寒い」と言いながら入ってきて、並んで浸かりながら少し言葉を交わす。昔からの富士見湯愛好者で、いまは閑散としているが、かつては混み合った時代もあったとか。親父さんが倒れて、今は息子さんが継いでがんばっている。ただ、人を雇わないとダメだな、とも。ほか、厳しい意見も聞いたが、ちょっと話せてよかった。

いい気持ちでシルク湯にも入って、四十分ほどで出る。テレビ、ソファーのある休憩室で、缶ビールを買って飲む。柿ピーの小袋がついてきて、ありがたい。ここでまったりして、酔いを充分醒ましてから帰ることにする。フリーゆえ、曜日はあまり関係ないんだが、いかにも日曜日らしいひと時であった。

「小僧の神様」を歩く

十一月三十日、「新潮講座」で志賀直哉「小僧の神様」の舞台を歩く。大正九年の作。志賀が「小説の神様」と呼ばれるようになったのは、このタイトルから。神田の秤店の小僧が、番頭たちが店内で「まぐろの鮨」の話をしているのに影響され、鍛冶橋まで市電でお使いに行くのにもらった往復の電車賃のうち、帰りは歩くことにして半分浮かせ、その代金で「鮨」をつまもうと考える。しかし……というストーリー。電車は外濠線。皇居の外濠に沿って路面を運行した。おそらく小僧（仙吉）は、小川町から乗車した（先行論文に指摘あり）。

講座では、新潮社別館で三十分ほど「小僧の神様」と志賀直哉について生徒さんたち相手にレクチャーした後、地下鉄を乗り継ぎ、京橋からスタート。八重洲ブックセンター前で立ち止まり、日本初の巨大書店として一九七七年にオープンした時の興奮を伝える（初年は一〇〇〇万人の客があった由）。東京駅の前（八重洲側）を通り、江戸城の石垣の遺跡（「ブラタモリ」で知った）を見て常盤橋へ。日銀本店の威容を眺め、対面の貨幣博物館（入場無料）を見学。入口で空港なみの厳重なセンサーによるボディチェックがあった。本物の小判などが展示してあるからか。一見の価値あり。

夕なずむ日銀本店は荘厳ともいえる存在感だ。東京駅と同じく辰野金吾による設計。志賀直哉が命名した「蛇《じゃ》の市《いち》本店」という寿司屋へ。ここも表だけ見て福

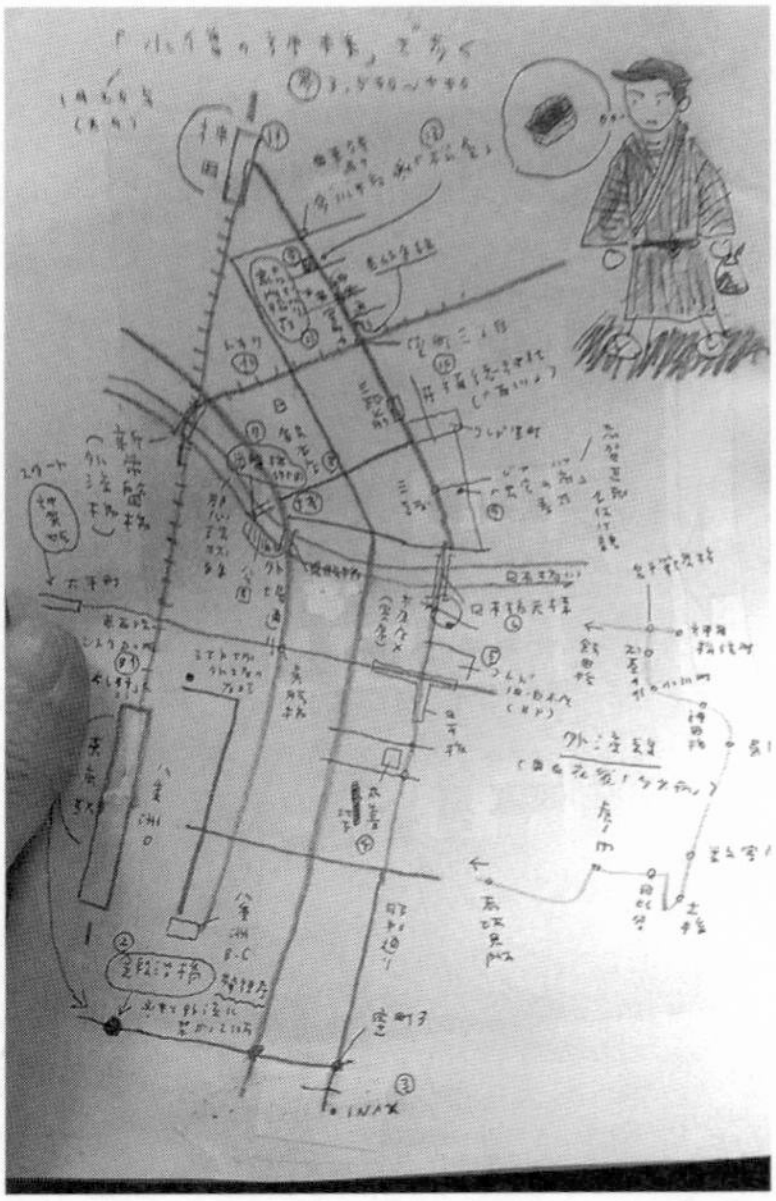

徳神社で休憩。もと料亭「百川《ももかわ》」のあった場所で、落語「百川」の話をする。田舎者で方言丸出しの百兵衛《ひゃくべえ》が、料亭「百川」に奉公してすぐ、日本橋河岸の威勢のいい江戸っ子たちと珍妙なやりとりをする噺。抱腹絶倒である（柳家小三治の口演がいい）。コレド室町テラスに入っている台湾発の書店＋雑貨＋飲食のセレクトショップ「誠品生活」（台湾では二十四時間営業の店舗があるそうだ）を見学。私は疲れ、トイレへ行って、あとは座っていた。物見高く、買い物意欲満々の客が次々目の前を通り過ぎていく。あちこちで、こういう集客力のある店、イベントが増えてきた。私は苦手で、山から降りてきた修行僧のような気分になる。

すっかり日の暮れたＪＲ「神田」駅高架下がゴール。お一人だけ帰られたが、あとは恒例の打上げにみなさん参加。下見で目をつけておいた神田多町二丁目の居酒屋「鶴亀」へ。値段が安く、料理のおいしい名店なり。下見のとき、担当のＭさんが見つけたのだが、ポイントは「店の規模に対して、厨房で働いている人の数が多い。こういう店はいいんです」。たしかに「いい店」だった。「ニラ卵」がおすすめ。いつもは、この後カラオケへ繰り出すのが「新潮講座」オカタケ散歩の常だが、この日は解散。いやあ、疲れました。

冬の東京を歩く

晴れた冬の一日、夕方から都心に用事ができた。いい機会だと思って、締め切りの迫る原稿の取材のため、少し早出をして東京を歩く。「本の雑誌」という雑誌で、「憧れの住む東京へ」という連載が二〇一九年から始まった。これは私がライフワークとする「上京する者たちで作られた東京と文学」というテーマ（第一弾は『上京する文學』として書籍化され現在ちくま文庫入り、第二弾が『ここが私の東京』扶桑社）の第三弾にあたる。「赤瀬川原平《あかせがわげんぺい》」を六回やって、次は洲之内《すのうち》徹《とおる》（一九一三〜八七）と決めていた。このあと、浅川マキ、田中小実昌、山之口貘と続く。

洲之内は画廊主にして、長年「芸術新潮」誌上で「気まぐれ美術館」シリーズを連載し、好評を得た美術エッセイスト。くわしくは「本の雑誌」で書くので、ここでは多くを語らない。要するに、洲之内が暮らした東京を辿《たど》ろうという試みだが、最後に住んだのが隅田川べり、日本橋蠣殻町《かきがらちょう》のマンションだった。そして、その周辺をよくうろついていた。

今回、晩年を暮らした町を歩こうと思ったのだ。地下鉄「水天宮前駅」から出発。驚いたのは駅に直結して、成田空港、羽田空港行きリムジンバスの発着施設「東京シティエアターミナル」があること。知らなかったから同駅利用は初めてなんだろう。地上に上がり、隅田川沿いに作られた遊歩道を北上していく。洲之内がよく渡った清洲橋《きよすばし》、新大橋を見て浜町公園で休憩。清洲橋通りの可愛らしい小さな教会「日本橋教会」をカメラに収め（なぜかは「本の雑誌」で明かす）、明治座角から甘酒横丁へ入っていく。この時期になっても、銀杏の黄色い葉が陽を受けキラキラと輝いていた。「明治座」へは、かつてマガジンハウスの取材で、山田五十鈴の公演を見に行き、楽屋を訪ねたことがある。この稀代の大女優に会えたことは、私のライター生活における小さな誇りである。甘酒横丁では「凡味《ぼんみ》」と

いうゴマ豆腐が名物の和食店をチェック。洲之内が経営する画廊に白洲正子《しらすまさこ》から電話があり、この店へ訪ねて行くという一文あり。いまだ健在。

次の約束が迫り、後半は駆け足になったが、この近辺を歩くのは初めてだから見るすべてがもの珍しく面白く、高揚する一時間で少し汗をかいた。やはり町歩きは目的があってもなくっても楽しい。もっとどしどし歩こうと思う。都営浅草線「人形町駅」から目的の「東銀座駅」へ。途中「日本橋駅」、「室町駅」と昭和通りの江戸の名残りがかすかに残る町の地下を令和の地下鉄が滑っていく。

寅さんはなぜ江戸川から柴又へ帰ってくるのか

新潮社主宰の文化講座「新潮講座」の文学散歩「オカタケ散歩・新潮文庫を歩く」を受け持って、東京をあちこち生徒さんたちを連れて歩いている。前回は三月十四日に柴又へ。メインは「男はつらいよ」の舞台となった帝釈天参道から「寅さん記念館」を巡ることにあったが、そう銘打てば「松竹」の許可がいる。まことに申し訳ないが、表立っては伊藤左千夫『野菊の墓』を歩く、ということにした。ちゃんと新潮文庫に収録されていて、あながち嘘とも言えない。江戸川の堤に出て、川原の「矢切《やぎり》の渡し」を使って対岸へ渡れば、「野菊の墓」案内所があるし、政夫が民子を見送った別れのシーンは、この「矢切の渡し」であった。

しかし、この日は新型コロナウイルス感染拡大による「自粛」ムードの中にあり、しかも季節はずれの冷たい雨が雪に変わった。予約した人のキャンセルが続き、参加者はたった三名。私と講座の担当者を含めても五名での決行となったのである。予定していた江戸川の堤も「矢切の渡し」もパス。帝釈天と「寅さん記念館」および併設された「山田洋次ミュージアム」を見学するにとどめた。「コロナ」禍により、いつもはにぎわう参道も記念館も閑散としていた。おかげで少人数により小回りもよく、結果的にけっこう充実した回となった。

例によって、事前にあれこれ熱心に「寅さん」および『野菊の墓』について調べたのだが、ここでは「寅さん」について少しだけ書いておきたい。一九六九年に第一作が作られ、これが予想外に当たり、続編、続々編と立て続けに制作され、盆と正月は映画館で「寅さん」という、いわば国民的行事化されていったのである。渥美清の死去（一九九六年）によりシリーズは第四十九作で途絶えた。二〇一九年には新作として第五十作『男はつらいよ お帰り 寅さん』が作られた。もちろん主演の渥美は不在のまま、過去の映像を盛り込みながら、その後が描かれたのである。私はそれを観ていない。だから、出来うんぬんについては何にも言えないのだ。

申し遅れましたが、私は「寅さん」シリーズのファンで、全作品を観ているし、繰り返し観たものもある。自称「フーテンの寅」が、四季折々に日本各地で開かれる祭りで商品を売り（啖呵売《たんかばい》）生計を立てている。年に何度か、ふらっと故郷の柴又へ帰ってくる。そこではいつも、団子屋を営むおいちゃん、おばちゃん、それに妹のさくらが優しく迎えてくれるのだ。え？ そんなこと言われなくても分かってます……って。いや、そうなんだけれども、今から書くことに関係して、ここは大事なところなんです。

団子屋の「くるまや」（「とらや」の時代あり）は、帝釈天参道にあるのだが、失恋して寅がまた旅に出る際にさくらと別れるのは、いつも京成金町《かなまち》線「柴又」駅である。いま、改札を出た広場には「寅」と「さくら」の銅像が立っている。寅は旅立つ時、改札をくぐり、いつも電車に乗る。ここまではよろしいでしょうか。それなのに、である。寅が旅先から柴又へ帰ってくる時はどうか。一番便利なはずの「柴又」駅を使わない。たいてい、江戸川の堤を、トランクを提げてゆっくり歩いて来る。何作かは「矢切の渡し」で対岸から帰ってくることもあった。そこ

で野球をしている人や、堤に寝そべる恋人同士を邪魔して怒らせる場面がサイレントで挿入され、タイトルバックが登場する。

ところがこれは常識的には不自然なのである。江戸川の堤を歩くということは、京成金町線の終点「金町」駅を出て江戸川へ、そして帝釈天参道へ向かうはず。金町駅から直線で最短を結べば一・三キロだが、江戸川を経由すれば二キロ以上はあると思われる。旅立つ時と同じように、これを「柴又」駅にすれば一〇〇メートル強ぐらい歩けば済む。いやいや、子どもの頃から遊び場だった江戸川の風景を眺めながら柴又へ帰ってくることが、寅にとって「帰郷」の意味があるのだ、という説明はつく。第一、映像的に考えてもその方が絵になる。納得できるのだ。

では「矢切の渡し」に乗って、というのはどうか。これはかなり無理があるのだ。地図を見ればわかるが、矢切の渡しがある江戸川の対岸はもう千葉県松戸市で、付近にバス停さえない。現在は最寄りの駅として(それでも直線で一・五キロは離れている)北総線《ほくそう》「矢切」はあるが、これは一九九一年の開業で、第四十三作「寅次郎の休日」までは使えなかった。つまらない屁理屈を言うなあ、とあき

れられるかもしれないが、もう少し我慢して付き合ってください。そこで私は考えた。なぜ、寅は鉄道の最寄り駅を使わず、遠回りでも川の堤から現れてくるのか。

つまり、寅は聖なる存在なのである。寅が「聖」性を帯びていることは、日本各地を訪れ、しばしば困った人や傷ついた人を助けることもそうだし、あれほど女好きであるのに、決して「女犯」をしない点にも表れている。古代信仰で他所からやってくる人を「客人（まろうど・まれびと）」と呼び「聖なる者が俗界に幸福をもたらす」として神格化された。これは折口信夫《しのぶ》の説であり「時を定めて他界から来訪する霊的もしくは神の本質的存在」であるとした。

神様が、俗事にまみれた電車に乗って、みんなの前の姿を現すわけにはいかなかったのである。

大正創業の京都路地裏の銭湯に入る

三月末、コロナ禍騒動のなか、不謹慎ながら京都へ新著『明日咲く言葉の種をまこう　心を耕す名言１００』（春陽堂書店）の販促で出かけてきた。本当は、本が出たら京都でトークイベントをとも考えていたが、この手の大小のイベントがことごとく中止、延期になるご時世を鑑みてあきらめた。まずは友人が経営する古書店「古書善行堂」で荷を解く。ここを拠点に、市内三軒の特色ある人気書店を巡る予定だ。

まずは「ホホホ座」へ。店長の山下（賢二）くんとは、前の店「ガケ書房」からの知り合い。山下君と「ガケ書房」については、『ガケ書房の頃』（夏葉社）*をお読みください。やあやあと声をかけて自著を売り込む。「よろこんで注文します」と約束を取り付けた。続いてバスで白川通を北へ。「一乗寺下り松町」で下車。おお、宮本武蔵がかの吉岡一門と決闘した場所ではないか。ここから徒歩で「恵文社一乗寺店」へ。

なんてこと長々と書いていたら、今回書きたいことにたどりつけない。ショートカットしまして、いきなり河原町丸太町すぐの「誠光社」へ。店長の堀部（篤史）くんのことは『90年代のこと　僕の修行時代』（夏葉社）をお読みください。長く京都で学生時代と卒業してからも暮らしていたが、「誠光社」のある路地へ足を踏み入れるのは初めて。行く途中に「桜湯」という、とんでもなく古い銭湯を見つけた。堀部くんに聞くと、「京都の銭湯にしては熱めの湯で、浴室の水槽で金魚が泳いでます」と言うではないか。ここでも注文を取り付けて、「桜湯」へいざ見参。いかなる外見かは写真を見ていただくとして、あとで調べたら、なんと大正

八年創業の湯であった。博物館に収めたいほど古びた下駄箱、柳行李《やなぎごうり》の脱衣かごと、おそらく大きなリニューアルなしでここまで営業が続けられたのではないか。

小ぶりの浴槽が水風呂含めて四つ。そのうち中央壁に水槽が埋め込んであって、ほんとだ、大きな金魚が三匹泳いでいる。ミストスチームサウナ（無料）も設置。こりゃあいいわ。備え付けのシャンプーやボディソープ（近頃の銭湯はたいていある）はないので、湯に浸かって温まっただけ。それでも十分、「桜湯」の実力は知れたのである。外へ出ると雨が激しくなっていたが、体はポカポカ。旅先でぶらりと銭湯へ入る。これは病みつきになりそうじゃありませんか。

＊増補され『新版ガケ書房の頃』としてちくま文庫に現在収録。

あの日流れた「赤とんぼ」の歌

新型コロナウイルスの騒動がここまでひどくならない前の春の某日。兵庫県たつの市龍野へ旅してきた。京都に仕事へ出かけたついでに、一日、足を伸ばしたのである。京都駅からJR新快速で姫路まで約一時間半。そこから姫新《きしん》線というローカル線に乗り換える。なぜ、また？　と言われると、ここが『男はつらいよ夕焼け小焼け』の舞台となったからだ。太地喜和子《たいちきわこ》がマドンナとなったこの回は、シリーズ屈指の傑作と評判が高い。私も好きで何度か見ているが、そのたびに古びた瓦屋根の家並みと路地が続く龍野へ行きたいなあと思っていた。今回は念願がかなったわけである。

ただし「龍野」散歩については、別の原稿に書いた。ここは話の「まくら」に使う。「男はつらいよ」の副題に「夕焼け小焼け」とある通り、この揖保川《いぼがわ》と裏山に挟まれた小さな街道町は、童謡「赤とんぼ」の作者で詩人の三木露風が生まれ育った土地なのだ。赤とんぼの像が「本竜野駅」ホームに建っていた。

「赤とんぼ」（正式の表題は「赤蜻蛉」）
夕焼、小焼の／赤とんぼ　負われて見たのは／いつの日か。
山の畑の／桑の実を　小籠《こかご》に摘んだは／まぼろしか。
十五で姐《ねえ》やは／嫁に行き　お里のたよりも／絶えはてた。
夕やけ小やけの／赤とんぼ　とまっているよ／竿の先。

おそらく日本人なら誰でも知る曲で、原詩は一九二一年に発表され（多少、歌詞が違う）、一二七年に山田耕筰により曲がつけられた。しかし、この曲があまねく大衆に浸透していくには時間がかかった。おそらく一九五〇年代頃より、広く歌われるようになったのだと思われる（あくまで推測ですよ。間違っていたらごめんなさい）。

その一つの証拠が、山住正己《やまずみまさみ》『子どもの歌を語る　唱歌と童謡』（岩波新書）に見える。明治以降、学校教育で教えられた唱歌や童謡について時代ごとに分析をしているのだが、「序にかえて」として冒頭に置かれたのが「『赤とんぼ』あれこれ」という考察である。ここで紹介されているエピソードがある。それは東京西部の立川市で繰り広げられた「砂川闘争」について、である。戦後に駐屯した米軍の立川基地が、飛行場の拡張に伴い、北部の農地を摂取すると発表。これに地元農民が反対して、支援する反米基地運動の労働者や学生が加わり、一九五五年から一九六〇年代まで闘争が続いた。五六年秋には、業を煮やした国側が警官を動員し、反対運動を続ける農民や学生たちと衝突、流血騒ぎとなった。

その時のことを現場にいた作家の木下順二が書いている。夕闇迫るなか、機動隊とスクラムを組む農民たちがもみ合う中、こんなことが起きたのである。

「その時、突然、全学連の、それはおそらく基地を背にして幅広くスクラムの組まれたあたりから、群衆の叫喚を突きぬけて高らかに歌声が起った。／それは『赤トンボ』であった。『赤トンボ』は、ゆっくりと澄んだメロディを、雨空の中に立ち昇らせた」

同じことを砂川闘争裁判で農民側に立った弁護士の新井章《あきら》も書いているという。「殺気だった機動隊の隊列とふみにじられたいも畑の上で対峙しながら、砂川の婦人や学生たちのスクラムが、荒れすさんだ機動隊員の心に訴えかけようとして、『夕やけこやけの赤とんぼ、負われて……』と、童謡を静かに、しかし心をこめて合唱したというエピソードは、この闘争にかかわった多くの人びとの胸に熱く灼きつけられた思い出である」

機動隊員だって、故郷を持つ地方出身者が多くいただろう。家に帰れば彼を待つ父母や祖父母、そして幼い頃遊んだ山川がある。その父母や祖父母の年齢にあたる農民たちを踏み散らかし、横暴な国家権力の先兵となり、土地を奪おうとしている。その心象に訴えかけるためには、「我々は〜、断固としてえ〜」といった観念語だらけの一本調子ではダメで、故郷を強く思う「赤とんぼ」がぴったりだったのである。それが自然発生的に生まれて歌われたというのがすばらしい。

じつは、「赤とんぼ」を巡る同じような話が、ちょっと後にもあるのだ。永六輔（聞き手・矢崎泰久）『上を向いて歌おう　昭和歌謡の自分史』（飛鳥新社）で語られている。以下、抜粋して紹介する。

一九六〇年安保闘争の年、永は何をしていたかと矢崎が聞く。永は日本テレビのバラエティ番組「光子の窓」の放送作家。売れっ子である。国会議事堂近くのアパートに部屋を借り、放送原稿を書いていた。窓からは、国会に突入するデモ隊が見える。警察隊と衝突し、血を流す学生もいる。かたや、テレビ台本を書いている永六輔。いたたまれなくなった永は外へ飛び出し、デモに参加した。警官に追われ、右翼から殴られた。あたりは騒然としていた。そんな中、クレイジー・キャッツの面々がデモと出くわしていた。

彼らは、流血の惨事の中、静かに「赤とんぼ」の歌をうたいだしたという。永はそれを聴いて感動した。「砂川闘争」での例といい、この血なまぐさい騒然たる政治上の衝突と、いかにも日本的風景を歌った叙情的な童謡との組み合わせがまことに興味深い。

あと、もう一つ。「赤とんぼ」と言えば、今井正監督の映画『ここに泉あり』（一九五五年）を思い出さないわけにはいかない。これは初の市民オーケストラとなる「群馬交響楽団」の創設から苦心惨憺《さんたん》たる存続を映画化した作品。主演は小林桂樹、岸恵子、岡田英次など。二月十二日公開。監督は今井正。バックボーンのない楽団の経営はつねに苦しく、学校や施設訪問や、移動公演などで何とか食いつないでいる。団員の給料は遅配し、チンドン屋のアルバイトをする始末。そしてついに力尽き、これを最後にしようと、山の小学校へ少人数での演奏会に出かける。電車、バスを乗り継ぎ、最後は楽器を抱えて峠道を歩く。おそらく、生の演奏を聴くのはこれが最初で最後という子どもたちを前に演奏を終え、また峠道を戻っていく団員たち。彼らを見送る子どもたちが、感謝を込めて合唱するのが「赤とんぼ」であった。

きわめて感動的なシーンで、この映画により「赤とんぼ」がより広く知れ渡ることになった、という証言もある。ＮＨＫ「みんなのうた」で取り上げられたのは一九六五年。これらを考え合わせると、どうやら五〇～六〇年代にかけて普及していったようだ。

はずされた三番

ところで再び『子どもの歌を語る』に戻ると、この本で指摘されているのだが、小学校の音楽の教科書では、三番の歌詞がはずされたというのである。すなわち「十五で姐やは／嫁に行き　お里のたよりも／絶えはてた」のパートである。そのことを著者は憤って告発している。つまり三番がなければ、一番の「負われて見たのは／いつの日か」を、音だけで想像すると「負われて」を「追われて」と児童は受け取り、「幼いころの楽しい思い出をうたった歌」と思ってしまうだろう。

ところが、この歌はおそらく、幼い「私」（少年、少女）をずっと負ぶって面倒を見てくれた「姐や」が嫁に行ってしまい、その後音信も途絶えたという悲しみが郷愁とあいまって表現されているところに本質がある。それを教育上の配慮のため、わざわざ触れずに教える。著者は「文化的犯罪といっても過言ではない」

とまで言う。

では、なぜ十五歳の「姐や」が嫁に行くことが教育現場から忌避されたか。当時の民法（第七三一号）では、女子の婚姻開始年齢は「十六歳」と定められていたからである。しかも、当時の年齢は「数え年」だ。実際は十四か。民法違反というわけだ。いや、これは冗談ですよ。本気にしてもらったら困る。しかし、ませた子どもが、教師に「十五歳でお嫁に行くって、おかしくないですか？」と質問された時、困るかもしれない。あるいは「姐や」という存在の説明が難しい。「お姉さんのこと？」と、現代の子どもなら思ってしまうだろう。

かつて中流以上の家庭では、家事の補助として（あるいは全面的にまかせて）「家政婦」や「お手伝いさん」を同居させていた。斡旋所を通じて雇うこともあるし、夫や妻の故郷にいる親戚（たいてい子だくさん）の娘を預かるというケースもあったろう。彼女たちは子守も担当した。それが「姐や」と呼ばれたのである。

太宰治論で有名な文芸評論家の奥野健男《たけお》に『ねえやが消えて　演劇的家庭論』（河出書房新社）という異色の著書がある。近現代文学に登場する「ねえや（姐や）」という存在が、いかに大きく機能したかを論じている。それが失われた今、その存在を知らずして、文学作品がはたしてちゃんと理解できるかどうか。我々の世代では、一九六七年から六八年にかけて放映された九重《ここのえ》佑三子《ゆみこ》主演のドラマ『コメットさん』が、ここで言う「ねえや」のイメージに近いかもしれない。

　奥野は言う。「ねえやのねえには姉さんという身内に近い親愛の意味がこめられていた。ねえやは当時の子供にとって今日のお手伝いさんとか、家政婦とか、ベビイ・シッターとかとは全く違う存在であった。もう〝ねえや〟という独特の甘酸っぱい懐

かしい感じは今の子供には想像外の存在だろう」

そして次に引用しているのが「赤とんぼ」の歌詞であった。

ちなみに、「本竜野」駅ホームの「赤とんぼ」記念碑は、ちゃんと「姐や」が幼子を負ぶった姿でありました。

3 ドク・ホリディが暗誦するハムレット

みる・きく

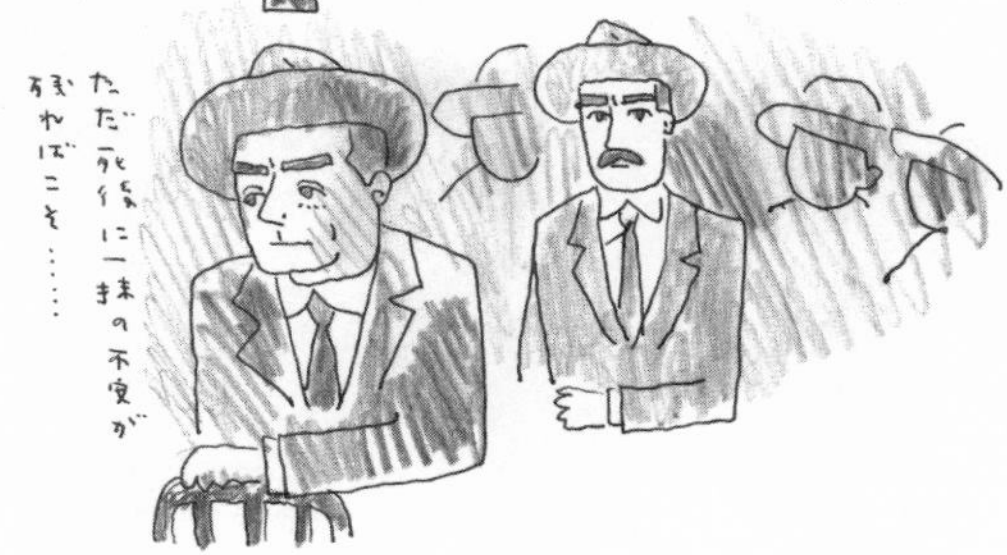
荒野の決闘
1946
ただ死後に一抹の不安が
残ればこそ……

あの健気なクリュゼが初老に

春の某日早朝、朝刊を取りに玄関を出たら、うぐいすが啼いていた。高原の朝のようである。涼しいというより、寒い。五月連休中、ほとんど本を読むか、映画を観るか、遊びほうけていた。原稿締め切りや取材などの仕事はこれから、また始まる。

オリヴィエ・ナカシュ、エリック・トレダノ監督『最強のふたり』（二〇一一年フランス）は、年間パスポート会員（一万円＋税で、一年間観放題となる）時代に飯田橋「ギンレイホール」で観ているのをテレビでまた観る。雰囲気は覚えているが細部は忘れていて、ありがたいことに新鮮だった。それに面白い。パリが舞台。初老の富豪、フィリップは事故により頸髄を損傷し車椅子生活を送る。宮殿のような豪邸に住み、堅物、がんこ、わがままで介護人が一週間ともたず辞めていく。新たに募集、面接をして、スラム出身の若者ドリスが、失業手当をもらうために必要な不採用通知証明書が目当てで応募したのに選ばれる。介護経験がなく、乱暴なドリスだが、フィリップに同情せず、ときに障害があることをからかったりもする。いつも腫れ物に触るように応援されてきたフィリップにとって、それは新鮮な体験で、しかめっ面に笑みが浮かぶようになる。そして、離れがたい存在に。

実話に基づく、とあるが、脚本はよく練られ、役者のアンサンブルもよく、楽しめる映画になっている。首から下を動かせない、顔だけの演技となるフィリップ役にフランソワ・クリュゼ。しかめっ

面をしているときは気づかなかったが、鎖《とざ》した心が打ち解け、まぶしいように笑う顔で、あれ、これはどこかで見た俳優だぞと思う。調べたら、ベルトラン・ダヴェルニエ監督『ラウンド・ミッドナイト』（一九八六）であった。薬物中毒の名ジャズプレイヤー・ディル・ターナー（バド・パウエルがモデル）に、ジャズミュージシャンのデクスター・ゴードンが扮し、彼に憧れ、次第に寄り添うようになるデザイナーの青年・フランシスを演じたのがクリュゼであった。健気なクリュゼ。

パリの「ブルーノート」に、ディル・ターナーが出演する。しかし貧しいフランシスは店内に入れず、外の壁に懸命にへばりつき、漏れ出る音を聴こうとする。若き日、貧しくてコンサートなどへも行けなかった私にはこの気持ち、よくわかる。その後、親しくなったターナーとフランシスの娘も仲良くなる。フランシス、娘、ターナーが海岸を散歩するシーンがある。長身のターナーとちびっ子の娘が寄り添う。モノクロ映画の『フランケンシュタイン』を想起させる。しかし、フランシスの献身も空しく、ターナーは崩壊していく。

『ラウンド・ミッドナイト』は、わが洋画ベスト10とまではいかないが、ベスト100には選びたい作品で、ビデオテープも持っているし、のちDVDも買った。こうなると、また観たくなりますね。

うめ子におまかせ

『ザ・カセットテープ・ミュージック』は、ほとんどが通販番組というBS12（トゥエルビ）というチャンネルで、毎週日曜夜に放送されている音楽バラエティ（再放送あり）。これが低予算ながらじつに秀逸。楽しみに見ている。お笑い芸人でミュージシャンのマキタスポーツと音楽評論家のスージー鈴木がMCを務め、テーマごとに七〇〜八〇年代歌謡曲を瞠目《どうもく》すべき博識ぶりで、熱く、軽快に、ふんだんに語る。これに毎回、女性アシスタントがつくが、まったくの窓辺の花で、二人の濃い知識合戦にはほとんどついていけない。ときどき話題を振られても、じつに、なあんにも知らないのだ。その「無知」ぶりが加点になる、という不思議な役割。

わりあいひんぱんに登場する河村唯（あだ名は「うめ子」）はアラサーの歌手らしいが、そういう意味での高いポイントゲッター。「ビートルズ（に影響を受けた音楽）特集」の回では、「ビートルズ」は知っているが、メンバーの名を誰一人挙げられない。「名前、言ってみな」と言われ「ジェファーソン（たとえば、の話）」みたいなことを言って、マキタがのけぞっていた。その後「ジョン・レノン」の名がマキタから出たとき、「え、ジョン・レノンってビートルズなの？」と発言したときは驚愕した。衝撃で少し床が揺れた。「異端児特集」のときも、「いたんじ」の意味が分からず、「そんな言葉あるの？」と快調ぶりを示す。無知の暴走機関車である。「知らない」ということが芸になっている。大して恥じていないのも天晴れだ。えらい時代になりました。これはホメているんです。うめ子から目が離せません。

ヴィム・ヴェンダース『アメリカの友人』

うかつにも見逃していた『アメリカの友人』を、BSで見る。アメリカで贋作の絵を作らせ、ヨーロッパで売りさばくのがデニス・ホッパー。名はトム・リプリー。そう、『太陽がいっぱい』で、アラン・ドロンが扮した殺人者の名だ。原作は同じパトリシア・ハイスミス。ドイツの港町ハンブルグで額縁屋を細々と営む職人がブルーノ・ガンツ（ヨナハン）。白血病に罹り余命いくばくもない。トムとヨナハンが知り合い、その伝手《つて》で、パリ在住のジェラール・ブラン（ミノー）が、ヨナハンに殺人を依頼する。残された妻と子のため、大金を残せというのだ。しかしヨナハンはまったくの素人。ためらいつつ、しかし金のためパリへ飛ぶ。

二つの殺人が行われる。その意味では犯罪映画ではあり、サスペンスの要素はあるが、ヨナハンの殺人シーンはひどく杜撰で、自分で頭をぶつけて額を切って血を流すなど、滑稽である。二度目の殺人も、トムに助けられて、電車から放り出す。計画性がなく、荒っぽい。ヒッチコックが見たら、どう言うだろう。

むしろ、観る者の心に残るのは、外国向けの貨物船が碇泊《ていはく》し、カモメ飛ぶ港町ハンブルグの風景（美しい）。そしてトムとヨナハンの間に生まれた奇妙な友情だ。トムが「ビートルズを（もう一度）ハンブルグへ呼ぶんだ」と叫ぶシーンがあるが、なるほど、世界的に有名になる四人組は、下積み時代、この港町で演奏していた。

贋作作家にニコラス・レイ（途中から片目に眼帯）、マフィアのボスにサミュエル・フラー、ヨナハンに命を奪われる殺し屋にダニエル・シュミットと、世界的な映画監督が重要な役で俳優として出演する。だからどうした、という話で、これは映画マニアのヴェンダースによるご愛嬌か。悪党のミノーに扮したジェラール・ブランは、クロード・シャブロル『美しきセルジュ』『いとこ同志』に主演。あの甘い二枚目が、かわうそみたいになっちゃった。言わなければ分からなかったよ。時代は男の顔に影と憂愁と老いを容赦なく刻み付ける。

TBSテレビ主催「落語研究会」へ

うるさ型の聞き手が客となる「落語研究会」は、実力者のみ高座に上がれる会として知られる。TBSテレビで放送もされる。国立劇場で開催、今回で六一二回目となる。前の方のいい席は、年間会員で占められ、毎年、続けて会員になるため、空きがないのだという。会員の落語通の知り合いが仕事で行けない時、席を譲ってもらうことが何回かあった。このたび、またそのおこぼれにあずかった。

今回の出演者と演目を挙げておく。二つ目の三遊亭らっ好《こう》「やかん」、以後真打ちで、蜃気楼《しんきろう》龍玉《りゅうぎょく》「もぐら泥」、立川生志《しょうし》「紺屋高尾《こうやたかお》」、仲入りを挟み、鈴々舎《れいれいしゃ》馬《ま》るこ「糖質制限初天神」(新作)、トリが五街道雲助《ごかいどうくもすけ》「もう半分」。雲助は、物まねしたくなる独特の語り口で、シブい古典のやり手。安心して聞いていられる。酒に目がない父親が、貧乏しつくして、娘が吉原へ身を売り金を作る。その額が五十両。金をもってそのまま帰ればいいものを、つい安い飲み屋に立ち寄り、酒を飲む。それも五郎八茶碗《ごろはちぢゃわん》に「半分ずつ」という注文の仕方をする。「もう半分」「もう半分」とお代わりをして、酔ったところで帰るが、うっかり店に五十両の包みを置き忘れ……。以下、怪談噺《ばなし》めく展開だ。

社会の底辺で、いかにも平凡に暮らす民が、五十両という大金を間に挟み、劇的な変化を遂げていく。笑いが少ない噺で、凡手では話を運ぶのに精一杯。老練の雲助は、人物造型をしながら、人の心の移り変わりとあたりの景色を語りで描いていく。いい噺を聞いたなあという後口が残る。これはいい酒を飲んだ時と同じだ。

国立劇場の最寄り駅は半蔵門線「半蔵門」。帰りは、会の終了にあわせて、東京駅と新宿駅行きのバスが特別に用意される。途中の停車駅を少なくした快速バスで、私は新宿へ。新宿通りを四谷駅経由で西へ走る夜のバスは、なかなか快適である。

四十八年ぶりに喉に刺さった小骨が取れた

ずいぶん昔にテレビで観た映画で、強烈なラストシーンだけ記憶にあり、ずっと長年、あれは何の映画だったか気になっていた作品があった。私が中二（十四歳）の頃であったか、深夜、ぐうぜん視聴した邦画の話だ。覚えているのはほんのわずか。私の記憶からすると、戦争映画でモノクロ。中国に残留した日本人たちが、ソ連の侵攻に遭い逃げ出す。トラックの荷台に女性の先生と女生徒。目の前に迫るソ連軍を阻止するため、医者の男が橋を爆破する。男はトラックを追いかけるが、銃弾を受け倒れる。まだ息があり、トラックの荷台の女教師（男と惚れ合っている）は車を停め、なんとか助けたいがトラックは走り去る。道に倒れたままの男。迫るソ連兵でエンド。男が撃たれたシーンでは、思わず「あっ！」と声が出た。それほど緊迫していたのだ。

と、まあそんな印象だった。記憶では、男も女教師も知らない俳優で、のちネットが普及してから、気になって検索したが判明しなかった。日本映画の本もずいぶん読んでいたが、それと分かる作品には行き当たらない。喉に刺さった魚の小骨のように、ずっと心に掛かっていたのだった。いくつか、キーワードでネット検索したが、それでも分からなかったのである。

それが、日本映画専門チャンネルで、タイトルからひょっとしたらと観たらビンゴ！　という事態になった。谷口千吉監督『最後の脱走』（一九五七）であった。これでほっとした。ちゃんと見ると記憶で合っているのはほんの一部。まず映画はカラー。敗戦後の中国に残留した日本人たち、は

合っているが、逃げた彼らを追うのは中国八路軍《はちろ》。橋を爆破する男の医師は、なんと鶴田浩二で、女教師は原節子であった。笠智衆も出ている。うーむ、そうだったのか。

思えば、十四歳頃の私はテレビっ子で、まだ日本映画をそれほど見ておらず、小津も知らない。鶴田浩二も原節子も笠智衆も、まだ名前も存在も知らなかった。知っていたら、そこからの記憶でもっと早く『最後の脱走』にたどりつけただろう。今回、偶然に突き当てたことが奇跡のように思えた。

長く生きると、その時間のアドバンテージで、いろんなことが分かるようになる。分かることは、つねにうれしい。

『スノーピアサー』とヒトラー専用列車

役に立ち面白い最強の鉄道ネタ本が原武史『鉄道ひとつばなし』(講談社現代新

書）。もう何度も読み返している。情報がいっぱい詰まっていて、適当に忘れていくので再読可能なのだ。

「ヒトラーと鉄道」という章を今回読んでいて、むむと思ったことを書く。万死に値する世界史の汚点、アドルフ・ヒトラーに功績があるとしたら、たとえばのべ三〇〇〇キロの高速道路網を作ったこと（大量の雇用も創出した）。現在にいたるアウトバーンの先駆けとなったのである。また、鉄道敷設にも熱心で、自身で盛んに利用もしていた。

「三四年に彼が総統になると、日本の『御召列車』のように『総統特別専用列車』が製造された。この列車には、シャワーと浴槽の付いた車両や食堂車などが連結されており、移動手段のほかに、宿泊施設や重要な会談の場としても使われるようになる」と原は書く。

ここにビビビと来たのである。ちょうど先日、例によって深夜、お酒を飲みながら録りだめた映画の一つ、ボン・ジュノ監督『スノーピアサー』（二〇一三）を観た。近未来、地球温暖化阻止のため用いた作戦が行き過ぎて、全地球が凍り付き、生物は死に絶えた。一部生き残った人間は、世界を運行する「スノーピアサー」という特別列車に乗って生き続ける。前方車両に富有層が住み、最後尾に貧困層が押し込められ劣悪な環境下に置かれている。その不満がついに爆発、貧困グループが反乱を起こし、前方車両へ向って突き進む。そこは高級ラウンジ、ディスコ、教室、食料用の植物園など完備される別世界の楽園。先頭車では、支配者（エド・ハリス）が贅沢三昧をしていた。

ちょっと乱暴な要約だが、つまりこれはヒトラーの専用車両およびアウシュヴィッツをモデルにした設定ではないか、と思ったのである。原が言う「総統特別専用列車」とアウシュヴィッツに酷似している。

『沿線地図』と果物の缶詰

山田太一脚本のＴＢＳドラマ『沿線地図』を前半、数回分見る。私は初めてかもしれない。一九七九年春から全十五話。かたやエリート銀行員一家、かたや下町の個人商店である電器店。住む世界の違う二つの家族が、あることからまじわる。銀行員・松本（児玉清）と妻の（河内桃子）の一人息子・志郎（広岡瞬）は、東大受験を控えた高校生。この志郎がかたぶつの優等生で、半ばそれを親のために演じているふうでもある。河原崎長一郎と岸惠子の両親が切り盛りする電器店の娘・道子（真行寺君枝）と恋に落ち、駆け落ちしてしまう。いい子だと思っていた子どもの突然の反乱にとまどい、右往左往する二つの両親の姿が描かれる。リアルタイムで見ていれば若者

側に立つだろうが、六十過ぎのいまの私は親の側に加担する。銀行員夫妻が住むのは田園都市線、電器店夫妻は東急大井町線「等々力《とどろき》」周辺とわかる。

ここで私が「おや？」と思ったのが、河原崎と岸の夫妻。なにかと外回りで店を開けがちの夫に代わり、住居と合体した店を守るのが岸恵子だ。向いのおせっかいな不動産屋のおばさんほか、たびたび訪問者を迎える。その際、岸が客に出すのが、果物の缶詰なのだ。ミカン、パイナップルの缶詰を冷蔵庫に常時し、ガラス食器に盛り、客をもてなす（のちの回では、せんべいやケーキも登場すると判明）。

一つには、店番をしながら夫の食事を作る、買い物に行くにもままならない身の主婦にとって、手軽に手早く客に出せる（しかも日持ちもする）おやつとして、果物の缶詰が選ばれたのではないか。しかも安い。私はすぐ「乗る」タイプで、スーパーへ行って白桃とミカンの缶詰を買ってきて食べた。ちょっと記憶にないぐらい、久しぶりのことである。類例のない俗っぽい甘さが口に広がり、記憶をよびさます。ああ、この甘さだ。果物の缶詰がごちそうだった時だ。

回が進み、家出した子どもの働いている場所が分かり、二組の両親が新宿駅西口からタクシーに乗る。向かうは「淀橋市場」（東京都中央卸売市場）。青果や花を扱う巨大市場で、現在の所在地は「北新宿四丁目」だが、旧町名の「淀橋」をそのまま冠している。このあたり、私にとっての東京の穴で、足を踏み入れたことがない。一度、探索してみようと思っている。

靴を履いている大人を見た

この夏、何度目かの手作り「カレー南蛮」を食べながら、録画したBSテレ東の「よみがえれ!! あなたの青春 フォーク&ポップス!」を見る。七〇～八〇年代フォークがいまや完全に「懐メロ」化した感あり。また「神田川」に「なごり雪」かと辟易するものの、なんとなく習慣で見てしまう。トークの時間がけっこうたっぷりと取られてあって、初耳の話は思わずメモをする（リビングのテープルに自分専用の椅子があり、そばにメモ帳をいつも置いている)。
「懐メロ」フォーク番組に欠かせない存在のイルカが話す。「河口湖で(アルバムの)レコーディングがあり」というから、一九七五年「夢の人」のことであろう。ここでレコーディングスタッフとミュージシャンの合宿があり、ちょうどイルカの担当していた「オールナイトニッポン」が、この河口湖スタジオから中継で放送されたこともある。「夢の人」収録曲を生演奏のライブで聴けたのだ。言っておきますが「夢の人」は名盤ですよ(収録曲の「スカーフ」はとくに名作)。このとき、バックミュージシャンとして松任谷正隆が参加、婚約中のユーミンを連れてきていたという。イルカは「ユーミンと枕を並べて一緒に寝たんですよ」などと明かしていた。二人は翌年十一月横浜のカトリック山手教会で結婚式を挙げるのだ。ちょっといい話。

小椋佳はデビュー当時の逸話を。小椋は東大法学部卒のエリート銀行マンで、歌は好きだが「自分が歌いたい歌がない」という理由で作詞作曲を始めた。そのきっかけとなったのが、一九六六年から東海ラジオ制作で全国ネットされていたラジオ番組「星に唄おう」だった。荒木一郎の番組で、テーマ曲として作られたのが「空に星があるように」。日本のスタンダードと言ってもいい名曲でヒットする。これを聴いた小椋が感化された。小椋と言えば、長らく取材も受けず、人前に出ず、レコードジャケットにも自分の写真を使わなかった。ずっと謎の人であった。その点について「人前に出る顔じゃないという自信があった。顔を出していたら売れてませんよ」と。申しわけないが納得する。

終盤に高田渡の息子・高田漣《れん》が登場。「小さい頃からコンサートの楽屋でうろちょろしていた」と小室等。学齢前に漣が知っていた大人は、フォークの人たちばかり。そこで漣が言う。「小学校に入って、大人がみんな靴を履いているのに驚いた」。たしかに、六〇年代末から七〇年代フォークの面々は、みなサンダルのようなものを履いていた。あがた森魚《もりお》にいたっては下駄だった。しばらく伝説の人・高田渡の思い出話でスタジオが盛りあがる。高田渡の話をする時、みんな、うれしそうだ。加藤登紀子の目撃談。楽屋で高田渡が寝ていたが寒い。気づくと、ギターケース（ソフトタイプ）にもぐり込んでいた。そんな話のあとで、漣が父親の歌「コーヒーブルース」「自転車に乗って」を歌った。格別であった。こういうことがあるから、ややうんざりしながらも懐メロフォーク番組をチェックすることになる。

男はつらいよ　寅次郎の青春

「男はつらいよ」シリーズの第四十五作『寅次郎の青春』は一九九二年十二月公開。マドンナは風吹ジュンである。このシリーズも寅次郎が高齢化し（この年、渥美清は六十四歳）、さすがに愛だの恋だの、という話に無理が出てきた。それを肩代わりするように甥の満男（吉岡秀隆）の恋話にシフトしてきた。そうなると、やっぱり作品として弱いのだ。

このシリーズはもともとそうだが、地方都市の風景を絵葉書のように切り取るところに見どころがある。この回は宮崎県日南市の港町・油津《あぶらつ》が舞台となる。油津湾への運河が町の中心を流れており、そこに「堀川橋」という石の橋が架かっている。橋の袂に蝶子（風吹ジュン）が一人できりもりする理容室がある。ひょんなことから、寅と知り合い、蝶子に髪を切ってもらうことになる。このシーンがいい。

　理容室の椅子に座り、髪を切ってもらう寅。続いて蒸しタオルが顔にかかり、シャボンをつけ、ひげ剃りが始まる。美しい蝶子の顔が寅に接近する。開けた窓から風が入り、紗のカーテンが揺れる。店で飼っている鳥の鳴き声。ラジカセからクラシック音楽が静かに

流れる。目をつぶり、ひげを剃られる寅。これほど甘美な時間がほかにあるだろうか。

画家の牧野伊三夫さんは、旅先で「昔ながらの床屋を見つけて入るのが趣味」だと、画文集『画家のむだ歩き』（中央公論新社）に書いている。まねしてみたくなってきた。

結婚式のスピーチ

もう、周囲に該当する年齢の知り合いがいなくなって、結婚式に出席することもなくなった。ありがたい。スピーチを頼まれたりすると、やっぱり厄介だなあと思う。もう四十年近く前になるか、高校時代の友人の結婚式に出席した時のこと。当日、頼んでいた司会が来られなくなって、急きょ、私が代役を務めることになった。そんなこと、ありか。もちろん結婚式の司会なんか初めてである。その後もない。どうにか無事にやりおおせて、親族から「ありがとう、よくやったねえ」とご祝儀をもらった。

『挨拶はむづかしい』というスピーチ集もある、名手丸谷才一のエッセイ集『男のポケット』(新潮社)に、上手なスピーチの実例が紹介されている。気象学の和達清夫《わだちきよお》(一九〇二〜九五)によるもの。これが素晴らしい。

「いつも当たらない天気予報を流しまして、みな様に御迷惑をおかけしている和達でございます。新郎新婦は箱根にいらっしゃるそうですが、明日の箱根地方は快晴であります」(新かなに改めた)

短くて、ユーモアがあって、洒落ていて、最後が明るい。

柳のように疲れて……

「柳のように疲れて……」というフレーズが頭に残っていて、出典は歌だったか、詩だったか、それともほかの何かなのかがわからなかった。ただ、非常に印象的な表現であり、「柳」のほかに、「松」や「杉」など何か別の言葉を持ってきても、これほど感じは出ない。まさに「柳のように疲れ」ることがあるのだ。そこで勝手に自分で「今日は柳のように疲れたな」などと使用していた。

最近、あちこちのノートに書き散らしたメモを一括化しようと、一冊のノートに転記していたら、いきなり「柳のように疲れて」との記述が見つかった。これだったか。緒形拳主演の

ドラマ『百年の男』(一九九五)で使われた言葉だった。この名優が主演するドラマは要チェックである。タイトルの「百年」は、主人公が子どもの頃、父親から鯉は百年生きると言われたことに由来する。

緒形はガンの疑いがかかった商社マンで、海外勤務もしたことがあるエリート。それが、その日「柳のように疲れて」一軒の理髪店の前で立ち止まる。人生の途上でも立ち止まったわけだ。発作的に入り、店のおやじと「ここで使ってもらえないかな」「やるかい?」理髪店」という会話があって、四十過ぎで転職することになる。思いがけぬ展開だ。「柳のように疲れ」た男に、個人の技術で個人と対する理髪業がひどく魅力的に見えたのだろう。

六十になった今、彼は一人で理髪店をしている。倒れた時に面倒を見てもらい、死後は家を譲渡するという条件で、若夫婦が二階に住み込む。若い妻は清水美砂だ。脚本は池端俊策《いけはたしゅんさく》。

詳細は忘れたし、多少違っているかもしれないが、我がメモによればそんな内容の話であったと思う。おそらく余命はそんなに長くない男の孤独と、歩んできた人生が、「柳のように疲れて」という表現に集約されているように思えたのだ。それは四十を過ぎてみないと実感できないことだろう。六十を過ぎた今の私にはよくわかる。

「何となく男と話したかった」

八千草薫さんが二〇一九年十月二十四日に死去し、偶然だがタイミングを合わせたように「日本映画専門チャンネル」で主演したドラマ『夕陽をあびて』が放映された（全三回）。脚本は山田太一。見るのは初めてではないが、一九八九年放映で記憶は微か。初めて見るように面白い。東京の東日暮里あたりの路地にある古い木造家屋に住む老夫婦が八千草と夫の大滝秀治。大滝は六十二歳、という設定だが（それなら私と同じ）、もっと老けて見えて、最初、特に若く見える八千草が「お父さん」と呼ぶのを、親子だと勘違いしたくらい。

定年後、無気力になって、ただ家でテレビを見るだけの夫を不満に思う妻が、オーストラリア移住の話を聞いてその気になり、体験ツアーに嫌がる夫を連れ出すというのが主な筋立て。一九八九年はバブル絶頂期で、通産省がリタイア世代を海外移住させる計画を打ち出した。日本人退職者がこれに乗って、カナダやオーストラリアへ移住し、家を買って悠々たる人生を送った（と思われていた）。オーストラリアでは金利が高く、貯金と年金だけで暮らせる。しかも芝生の庭とプールつきの郊外住宅が数百万円から買えるという。自然は雄大で美しく、物価は安く、天国のような余生が待っていると、いいこと尽くめの話に乗せられた。ところが実際は……という話。うまい話にはつねに裏がある。

私が興味を持ったのは、本筋とは違う部分。テレビが壊れて、何もすることがない大滝が、以前父親が床下を掘って埋めたものがあることを思い出し、床板を上げて掘り始める。すると出てきたのは古風な方位磁石。なぜ、父親はこんなものを埋めたのか。外交的な八千草に比べ、家に引きこもりがちな大滝は、そのことを常日ごろ責められる。まるで話が合わないのだ。そんなところへ「床下から磁石」と言っても、とうてい妻には通じない。

そこで、団地に住むサラリーマンの息子（四代目桂三木助）の元を訪ね、磁石を取り出して話をする。なんでまたそんなものをわざわざと不思議がる息子に大滝が言う。

「何となく男と話したかった」

これ、山田太一でないと書けないセリフである。なにごとも実利的な妻（それで家庭は安定して前に進む）には話せない、話せば必ず「バカバカしい」と一蹴されてしまうだろうことも、少年の延長である男同士なら、なんとなく通じ合えるのではないか。そういうことってあるよなあ、と私は思ったのだ。単純な私は、急に、京都に住む七つ違いの弟と話したくなって、「いや、別に用事じゃないんやけどな」「あ、うんうん」と電話で会話をしてしまった。

晩秋のトワ・エ・モア

朝日新聞招待券プレゼントの話を再び。またもや招待券はハズレたが優待券が送られてきたパターンだ。さいたま市民会館おおみや（旧・大宮市民会館）で、「トワ・エ・モア&白鳥恵美子」コンサートを妻と聴きに行く。本来、一人六五〇〇円が、優待券を使うと二人で五〇〇〇円となる。少し心配になるほど、かなりの「優待」である。現在の名称より、大宮市民会館と呼んだ方が似合う建物は相当古そう。出来たのは昭和四十年代、と踏んだが、調べたら一九七〇年開館でやっぱりそうか。「8時だヨ！　全員集合」の公開録画が行われた由。

窓口で交換したチケットでは「二階席」とあり、悪い席かと思ったが、客席は一、二階が完全分離ではなく、緩やかなスロープで途中、段差があり、後ろ半分を「二階席」と呼ぶらしい。その二階席の前から二列目とまずまずの席。一部がトワ・エ・モア。二部の前半が白鳥恵美子のソロで、後半また芥川澄夫が加わって二人という構成である。一九六九年のデビュー曲「或る日突然」がいきなりヒットし、活動歴は五年と短いが、「誰もいない海」「空よ」「初恋の人に似ている」「愛の泉」「地球は回るよ」など、記憶に残る佳曲を残してきた。一度解散し、一九八〇年代に二人でまた歌う機会があり、本格的に再結成されることになった。ファンだった私などは思いがけないことでうれしかった。白鳥はソロで歌手活動を続けていたが、芥川は音楽プロデューサーという裏方に徹し、歌うことを止めていたのでなおさらだった。一度ぜひ生《な》まで聞いてみたいデュオであったのだ。

トワ・エ・モアの良さについて書き出すと、大幅な字数を費やすことになる。楽曲のクオリティの高さと、確かな歌唱力、清潔感あふれる雰囲気は秀逸な存在で、五十年を経た今も、そのまま印象は変わらない。ＭＣで披歴されて書いておきたいエピソードを一つ。一九七〇年にヒットした「初恋の人に似ている」は、作詞・北山修、作曲・加藤和彦という名コンビ。どうしてもこの二人に曲を作ってほしいと頼んだら、スタジオに加藤和彦がギター持参で現れてこう言った。「これから十曲歌うけど、途中で『これがいい』とか言わないで、最後まで聞いて」。そして加藤が作ってきた十曲を歌った。終ると、芥川と白鳥（当時は山室）は揃って、これと指さした。それが「初恋の人に似ている」だった。そう話したのは芥川だったが、白鳥は「私は覚えてないのよねえ」と言う。同じ場所で同じ時を過ごして、覚えていることが違うというのはよくあること。

普通、一度ステージが終わって引っ込んで、客席のアンコールのコールでまた出てくるというのがお約束のパターン（白々しいとも言える）だが、この日二人は、たくさんの拍手を受けながら最後の挨拶をして、「このままじゃあ、帰れませんよね。よし、行こう！」とそのまま追加で二曲歌った。この終わり方もよかったのでした。

二十年後の磯野家は？

アニメ放送五十周年として「サザエさん」が、二〇一九年十一月に天海祐希《あまみゆうき》主演で実写ドラマ化。しかもサザエさん一家の二十年後を描くという。題して「磯野家の人々〜二十年後のサザエさん〜」を見る。これは楽しかった。天海のサザエを始め、マスオに西島秀俊、カツオに濱田岳、ワカメに松岡茉優、フネに市毛良枝、波平に伊武雅刀という配役が、じつに何というかそれらしい。

サザエの本来持つ特徴の粗忽、おっちょこちょいは鳴りを潜め、舞台（宝塚）で育った天海の溌剌とした大きさを前面に出した演出が成されている。なにしろ商店街を歩くと、魚屋も八百屋も、いちいち店の外へ出てきて、サザエに声をか

けるのだ。商店街が天海サザエの花道だ。

マスオは中間管理職で面倒をすべて押し付けられ会社で右往左往、カツオは三十一歳になるのに何をやってもうまくいかず、今は洋食店の店主でオムライスの研究に勤しむが、客はまったく来ない。来るのは幼なじみの花沢さんだけ。タラちゃんは就活中、というのもおかしい。

磯野家の家族構成は、遠い親戚より詳しく知っているのが強み。説明ぬきで人物が動き出して、そのスピードに視聴者がついていける。「サザエさん」は過去に何度もドラマ化されていて、我々の世代では江利チエミ（サザエ）、川崎敬三（マスオ）、森川信（波平）、清川虹子（フネ）によるバージョンが印象深い。まずはベストの配役であろう。

「サザエさん」のドラマ化についてだが、たとえばこんなのはどうか。

石井ふく子プロデューサーで脚本を平岩弓枝。だからTBS。以下、配役は水前寺清子（サザエ）、石坂浩二（マスオ）、佐野浅夫（波平）、山岡久乃（フネ）。伊佐坂先生はもちろん伊志井寛。水前寺のサザエと石坂のマスオはハマりすぎててこわいくらい。どうです。昭和四十年代なら視聴率三〇%は取れる布陣ではあるまいか。

ドク・ホリディが暗誦するハムレット

ジョン・フォード監督『荒野の決闘』(一九四六)を、久しぶりに観る。ごぞんじ保安官ワイアット・アープ(ヘンリー・フォンダ)兄弟、酔いどれ医師のドク・ホリディ(ビクター・マチュア)が、悪党揃いのクラントン一家とOK牧場で決闘する。清潔な大気に包まれた光と影の撮影効果が、暴力と血で支配される町に詩情を与えた。惚れぼれする作品である。

旅芸人がクライトン一家に脅かされ、酒場のテーブルの上でシェイクスピア劇のセリフを言わされるシーンがある。「生きるべきか死ぬべきか」なんて言っているから『ハムレット』だ。彼がいつまでも本来立つべき舞台に現れず、劇場の客たちが暴動寸前になる。そこでアープとホリディが役者のいる酒場へ迎えに行く。役者は恐怖で立ちつくし、途中からセリフが言えなくなる。どうせ、無教養なクライトン一家には意味など分からないのだが、立ち往生していると、ホリディが忘れた役者の続きのセリフを静かに暗誦し始める。じつにかっこいい。

ホリディが暗誦したのは、どこであろうか。新潮文庫『ハムレット』(福田恆存《つねあり》訳)を探して見つける。映画とは訳が違うが引用しておこう。

「ただ死後に一抹《いちまつ》の不安が残ればこそ。旅だちしものの、一人としてもどってきたためしのない未知の世界、心の鈍るのも当然、見たこともない他国で知らぬ苦労をするよりは、慣れたこの世の煩《わずら》いに、こづかれていたほうがまだましという気にもなろう。こうして反省というやつが、いつも人を臆病《おくびょう》にしてしまう」

ふだんシェイクスピアなど読みませんが、いや、こうして書き写してみるとじつにいい。末期の肺結核に罹り、死の脅えから逃げるために酒に溺れているドク・ホリディの心情とハムレットがここで重なることが分かる。

ヒッチコック「海外特派員」

ヒッチコックの映画と言えば、その昔に「日曜洋画劇場」（テレビ朝日）で見たことを思い出す。淀川長治《よどがわながはる》のトレードマークとなった「怖いですねえ、怖いですねえ」は、あれはいつも言っていたわけではないが、ヒッチコックを放映していた時には、必ず言っていたような気がする。「サイコ」「レベッカ」「鳥」など、実際怖かった。

「海外特派員」（一九四〇）は、ヒッチコックがハリウッドへ移って撮った二作目。第二次世界大戦の直前、一触即発の危機をはらむ

ヨーロッパが舞台だ。アメリカの新聞社社主は、この危機をビビットに伝えたいが、先に送った記者は役立たず。そこで若き記者ジョニー・ジョーンズを抜擢、海外特派員に任命した。血気盛んなジョーンズは警官を殴って閑職（デスクに靴を投げ出し、紙切りをして遊んでいる）にあったが、その「警官を殴って」という向こう見ずを社主は気に入ったのである。そしてロンドンへ。かぶっていこうとした山高帽を子どもがいたずらして隠し、以後「帽子」がさまざまな場面でネタとして登場。直接、プロットに関係するわけではないが、いかにもヒッチコックのタッチ。

と、こんなふうにあらすじを追っていくと長くなる。ロンドンの傘の列を縫って逃げる犯人、オランダの大風車内でのサスペンス、富豪の娘との恋の駆け引きなど見どころはたくさん。しかし、なんといっても本作最大の見どころはラスト近く。主人公とヒロインを乗せた旅客機が海面に墜落するシーンであろう。操縦席の前面窓ガラスに海面がどんどん近づいてきて、ガラスが割れ、一気に海水が流れ込んでくる。乗客たちはアップアップして本当におぼれそう。CGが使えない時代、このシーンはいったいどんなテクニックで撮られたか。蓮實《はすみ》重彦《しげひこ》・山田宏一『傷だらけの映画史』（中公文庫）の「海外特派員」を取り上げた章で、くわしく解説されていますよ。ちょっと、写真見せてください。この本ですね。はい、ありがとうございました。

簡単に言えば、大きな水槽で海を作り、そこにスクリーンプロセスを重ねる。飛行機の操縦席の前に紙を貼り、スクリーンプロセスで機体と海の衝突シーンを作り、水槽に激突させる。紙が破れ、本物の水が機体内に流れ込む。魔術師のごときテクニックだ。主人公の男女が無名俳優で、やや魅力に欠けることなど、このヒッチコック・テクニックで吹き飛んでしまうわけです。さあ、ご覧なさい。それではサヨナラ、サヨナラ、サヨナラ。

『傷だらけの天使』はブルー

日本映画専門チャンネルで『傷だらけの天使』全話が再放送され、録画しておいた。一九七四年十月五日放送開始で七五年三月二十九日終了の全二十六話。これまで再放送で何度も観ているから、改めて全話通して視聴することはないだろうが、まあ保険である。そのうち、深夜に第七話「自動車泥棒にラブソングを」を、ちびちび焼酎をなめながら観る。この日本テレビ史に残る傑作の中身については方々で言及され、あらかた言い尽くされているので、当方は今回気づいた細部についてのみ述べる……なんて、えらそうに。

まずは修《おさむ》（萩原健一）が寝起きするビルの屋上のペントハウス。まったく独立した住居空間で、屋上を占有し、見下ろせば中央線、総武線などの電車が行きかう。いま「中央線」「総武線」などと書いたが、リアルタイムで観ていた大阪在住時代、電車の区別などはつかなかった。上京して、東京のあちこちを取材や散歩でほっつき歩くようになって、「これが！」と驚き、感動したことはたくさんあるが、ＪＲ「代々木駅」近くに、修のペントハウスのある「代々木会館」ビルを発見した時は本当に興奮した。ドラマを見てから、もう二十年以上たっていた。スクラップ・アンド・ビルドの激しい東京で、いまだ健在とは思ってもみなかったのである。思わず何枚も写真を撮って、その後、何度か訪れた時も写真を撮った。建物は逃げません、と言われそうだが。

この「代々木会館」、竣工は一九六四年の雑居ビルで、七階の屋上に（つまり八

階）に『傷だらけの天使』で使われたペントハウスがあった。地下から地上数階は飲食、ビリヤード、麻雀などの店舗がひしめきあって雑居し、五、六階部分が居住スペースである。三階に中国書籍専門店の「東豊書店」が入っていて名物となっていた。私がこのビルの現存を意識して、わざわざ訪ねたのは、もう二〇〇〇年代に入ってから。それまでも目撃していたが、これがそうだとは気づかなかったのである。竣工からは四十年近く、ドラマ放映からでも三十年近く年月が過ぎ、風化は激しく、外壁の崩落など「おんぼろビル」の印象を受けた。事実、「代々木の九龍城」などと呼ばれていたのである。二〇一〇年代に見た際には、もう店舗の撤退が始まっていて、いよいよ有終の美が迫っている感じがした。はたして、二〇一九年八月から再開発事業により解体が始まったという。近々、夢の跡を見物しに行こうと思っている。

第一クールの七話「自動車泥棒にラブソングを」の出演者、スタッフの顔ぶれがすごい。演出・恩地《おんち》日出夫、脚本・市川森一《しんいち》、撮影・木村大作、音楽・井上堯之《たかゆき》バンドと超一流。出演者も、メインの萩原健一、水谷豊（「アニキ〜」）、岸田今日子（「オサムちゃん」）、ホーン・ユキ（巨乳）、岸田森（胃下垂）のほか、悪徳刑事に西村晃、脇に高橋昌也、蟹江敬三と豪華きわまる。ゲストが川口晶である。水も漏らさぬ鉄壁の布陣、と言いたくなる。いやあ、ほれぼれするわ。

そう、今回気づいた話の続き。相棒の亨《あきら》が例によって、アニキの住むペントハウスを訪れる巻頭部分。この回は雨のシーンが多いが、亨が持っているのはビニール傘である。一九七四年にもうビニール傘があったかしらん、と思って調べたら、一九七〇年代から一般に需要が拡大し始めたという。一九六四年東京オリンピックの際、来日したアメリカ人の要請で作られ、まずアメリカで売られたというのですね。知りませんでした。加えて言うと、亨は代々木会館に入る時、一階の郵便受けから「どれにしようかな」と言いつつ、挿さった新聞を失敬している。この新聞を失敬する、という習慣が最後に効いてくる（オープニングでは修が朝食のエプロン代わりに新聞を使うことも有名）。

最後にもう一つ。この頃のドラマはスタジオ録画以外は多くフィルムで撮影されていたが、画面の全体の色調が青っぽいな、ということ。これは『傷だらけの天使』に限らず、ロケ中心のフィルム撮影によるドラマは総じてそうだった印象がある。使われた銀塩式フィルムの特徴など、専門的なことはよく分からぬが、青とその補色関係にあるオレンジが際立ち、茶や緑はくすんで見えた。『プレイガール』などもそうだったなあ。のちデジタル撮影に代わり、加工により色調の調整、補正は簡単になった。北野武がブルーな色調を好んで使い、世界で「キタノブルー」と呼ばれたりした。とくにバイオレンスな映画などには、この寒々とした色がよく似合う。

アメリカン・ニューシネマを彷彿とさせる、やや同性愛っぽいアウトローコンビ。切なく淋しい、もっと言えば叙情的な「ブルー」。まさにそれは「限りなく透明に近いブルー」であった。昨今のデジタル撮影による、進歩した技術で撮られたドラマからは失われた「青」である。

映画『大阪の宿』に描かれた水都大阪

五所平之助《ごしょへいのすけ》『大阪の宿』（一九五四）を観て、あんまりいいので驚いた。前にも名画座で観た記憶はあるが、その時は三本立ての一本とかで、印象が薄れてしまった。三田（佐野周二）という独身の男が東京から大阪へやってきた。保険会社に勤務するが、上司を殴ったために大阪の支店へ左遷されたのだ。下宿を兼ねた安宿「酔月荘」へ投宿する。ここに勤める女中たち、三田を想う芸者「うわばみ」（乙羽信子）たちとのやりとりが描かれ、最後は悪辣な上司に反抗し、再び東京本社へ帰っていく。

三田は、「うわばみ」の気持ちを知りながら距離を置き、女中たちを休みに遊びへ連れていくなど清潔な硬骨漢として描かれる。佐野周二おなじみの役どころ。「江戸っ子だねえ」などと言われ、大阪人たちに一目置かれるのだ。意に染まぬ酒席で、腹に据えかねる支店長に抗議、同調した「うわばみ」が支店長の頭から酒をかけて啖呵を切るシーンがある。へらへらする腰ぎんちゃくのような男もあり、つまり「坊っちゃん」の大阪版といってよい。

この映画で、私が注目したのは戦後の復興なった大阪の風景である。大阪の大動脈である大川（淀川）が、中之島で二手に分かれるあたり、その北側、水辺に「酔月荘」が建つという設定だ。とうとうと流れる水と舟遊びをする人たち、対岸の北浜に建つビル群が映される。現在のように川と遊歩道を距てる柵もなく、人と水辺が近い。大阪を舞台にした映画は『夫婦善哉』などいくつかあるが、水辺の詩情を表現した点で『大阪の宿』は忘れがたい名作となった。

ネット検索すると、「酔月荘」の場所はどうやら北区菅原町に位置するらしい。じつは「菅原町」という存在を初めて知った。天神橋筋と阪神高速守口線に挟まれた狭いエリアで無番地。「ああ、○○があるところや！」と、大阪人なら誰もが知るような目立った建物はない。この北東に「大阪天満宮」（「天満の天神さん」と呼んでいた）が位置し、こちらは大阪城と並ぶメルクマールとなっている。「菅原町」は、ここに祀られている菅原道真にちなむ町名であろう。大阪人の菅原道真に対する親しみと畏敬の念は、ちょっと他府県の人には伝わりにくいと思われる。ちなみに、私が三年生の途中まで通った小学校は「菅北《かんぼく》小学校」といい、北区菅栄町に今もある。フォーリーブスのCMで関西ではおなじみだった学生服のメーカー「菅公《かんこう》」（岡山市に本社）も菅原道真の敬称を社名とした。「菅」という文字を見るだけで、大阪の人は何かありがたい気持ちになるのだ。

『大阪の宿』の原作は水上瀧太郎《みなかみたきたろう》の同名著書による（一九二六）。現在講談社文芸文庫に収録。水上は本名阿部章蔵。東京市麻布区（現・港区麻布台）生まれ。父は明治生命の創業者阿部泰蔵。慶應義塾大学に進み、荷風主宰の「三田文学」に作品を発表し新進作家としてスタートを切る。つまり「三田」派だ。『大阪の宿』の主人公名はここに由来するはず。

大学卒業後、イギリス、フランスに留学。帰国して明治生命に入社する。のち大阪支店に転勤し、旅館に下宿したというから、小説の中身はともかく（水上の場合は左遷ではなく栄転）「三田」は水上を投影したものと考えていいだろう。

映画『大阪の宿』では、大川のほかにも大阪城、中之島公園、難波橋を渡る市電などが映し出される。一九五四年公開だから私が生まれる前の大阪ではあるが、子ども心にうっすら記憶のあるモダン大阪でもある。それがうれしい。

「ショート・ラウンド」って？

スピルバーグ『インディ・ジョーンズ』シリーズの第二作目『魔宮の伝説』（一九八四年制作）は、ハラハラドキドキの連続で、私は大好き。ハリソン・フォードもまだ四十歳をちょいと超えたところで若かった。

一九三五年の魔都「上海」に現れたインディ。ギャングとの取引が決裂し、ハチャメチャな展開になだれこむ。窮地のインディを助け、活躍するのが中国人の少年ショート・ラウンドだ。まだ小学生上級ぐらいに見えるちびっこが、子ザルのように動き回ってインディを助け、自動車まで運転する。アクセルに足が届かないので、靴に木の固まりをつけるのだ。

扮するはキー・ホイ・クァン。一九七一年生まれの中国系ベトナム人で、その後『グーニーズ』にも出演。近年は裏方に回り、映画の武術指導などをしている由。映画公開時にはまだ十二歳だが達者なものだ。インディを慕い、命を張る危険をものともしない健気な役で、作品を大いに盛り上げる。

さて、役名の「ショート・ラウンド」だが、ちょっと不思議な名前。野球用語かと思ったが、調べたら「SHORT ROUND」とは「短小不良弾」のこと。俗語でしょうね。男性のイチモツをそう言ってからかうのだろうか。いや、これは分かりません。まあ、そのまま何のことやらと「?」マークをつけたまま数十年がたった。

二〇一四年刊の芝山幹郎《みきお》の映画ガイド『今日も元気だ映画を見よう　粒よりシネマ365本』(角川SSC新書)を読んでいたら、この疑問が一挙に解決した。一日に一作、観るべき映画を一ページで紹介するのだが、サミュエル・フラー監督の初期作品『鬼軍曹ザック』(一九五一)のところを読んでいて、「ああっ!」と声が出た。そこにはこう書かれている。

「朝鮮戦争は四年目に入っていた。ザック（ジーン・エヴァンス）は『北』の待ち伏せに遭い、辛うじて生き延びたようだ。彼は韓国人の孤児に救われる。孤児はショート・ラウンド（スピルバーグの『インディ・ジョーンズ／魔宮の伝説』に出てくる少年は、ここから名前を借りている）と綽名をつけられ、ザックと行動をともにする」

なるほどなあ。これで疑問は晴れた。ただし『鬼軍曹ザック』は未見で、韓国人の孤児がなぜそう名付けられたのかは、いまだ分からない。まあ、いつか分かる日は来るでしょう。そのとき、また「なるほどなあ」とつぶやけばいい。

小津安二郎のガスタンク

民俗学者・宮田登の随筆集『ヒメの民俗学』に、宮田が小学生の頃、ガスタンクというあだ名の同級生がいた話が紹介されている、と丸谷才一のエッセイ集

『男ごころ』（新潮文庫）にある。宮田登の原本に当たらずに書くが、これが、なんと怪力の女の子で、「男の子が飛びかかって行つても、あつといふ間に投げ飛ばされてしまふ」。つまり「びくともしない」というところからついたあだ名だと言う。高層ビルなどない時代、威容を誇る大きな建造物の一つがガスタンクだった。私の少年時代なら、さしずめ「ゴジラ」とあだ名をつけるところか。宮田は一九三六年神奈川県横浜市生まれ。小学生というなら、太平洋戦争末期から戦後のどこかにかけての話だろう。ただ、戦後ではないかもしれない。というのは、太平洋戦争末期、日本は負けに負け続け、さかんに国内で金属供出を行った。ガスタンクも解体された可能性があるのだ。

小津安二郎のサイレント映画時代、「喜八もの」と呼ばれる貧しい庶民を描いたシリーズがある。喜八に扮するのは坂本武。中年でわびしい子連れの独身だ。たいてい、東京江東区の砂町《すなまち》あたりが舞台に選ばれ、埋め立て地の荒涼たる空地、一膳めし屋（主人は飯田蝶子）や粗末な長屋暮らしが映る。

この一連の作で、必ず画面にインサートされるのが「ガスタンク」だ。小津ファンの中では周知のことで、研究が進んでいる。たとえば『出来ごころ』(一九三三)では、喜八はビール工場に勤める職工だが、話とはまったく関係ない洗濯物が手前に干された画面の背後に、異様なほど大きいガスタンクが映り込む。『東京の宿』(一九三五)では、幼い娘を抱えて行き場を失う寡婦おたか(岡田嘉子)に惚れ、親切にする喜八が描かれる(「寅さん」の原型、と言われる)が、二人が地面に座って喋るシーンの背後にやっぱりガスタンク。巨大な円筒が画面いっぱいに占められ、人間がひどく小さく見えるのだ。巨大な即物性を背景にすることで、人間くささが強調されると小津は考えたかもしれない。

しかし、ガスタンクは近代資本主義の象徴であり、それに搾取され押しつぶされていく庶民像……なんて訳知りに解説してしまうとつまらなくなる。小津は「絵の力」としてガスタンクを選んだのだろう。厳格な画面構成をする映画作家だった。

ところでこのガスタンク、熱心な小津ファンの調査により、現在の北砂一丁目、横十間川《よこじっけんがわ》の東岸あたりにあったと推測されている。この東にかつて貨物の小名木《おなぎ》川駅《がわ》があり、遮るものは何もなく、遠くからでも砂町のガスタンクはよく見えたはずだ。先ほど、金属供出でガスタンク解体と書いたが、ここもやはり一九四五年に撤去されたという。

小津が『出来ごころ』でガスタンクを登場させる少し前、これを見ていた文学者がいた。永井荷風である。昭和六（一九三一）年十二月二日の『断腸亭日乗』でこう書く。

「葛西橋の上より放水路の海に入るあたりを遠望したる両岸の風景は、荒涼寂莫として、黙想沈思するによし、橋上に立ちて暮煙蒼茫たる空のはづれに小名木川辺の瓦斯タンク塔の如く、工場の煙突遠く乱立ちするさまを望めば、亦一種悲壮の思あり」

この時期、荷風はくりかえし江東を訪ねている。「葛西橋」は荒川放水路に架かる橋。ただし「旧」葛西橋で、現在の位置より上流にある木製橋脚だった。荒川砂町水辺公園内に「旧葛西橋」の碑が残る。砂町のガスタンクまで、直線で約二キロは離れていたが、小津の映画を観る限り、遮るものはなく江東の風景を代表する一つとして十分に遠望できたのだろう。

殺風景の代表のようなガスタンクだが、ちゃんと夏の季語に入っていて、「緑青のガスタンクまで野の雪解」（飴山實《あめやまみのる》）などがある。小津安二郎も永井荷風も見たガスタンクとなると、急に格が高くなる気がする。

4 「ジョルジュサンク」で木下杢太郎とはっぴいえんどについて考えた

よむ

田辺聖子の健全な文学観

小林信彦『読書中毒』（文春文庫）はくりかえし読む愛読書。今回、こんなところに目が留まった。

原寮『私が殺した少女』（ハヤカワ文庫JA）は一九八九年下半期の直木賞を受賞。選考委員だった田辺聖子が、一九九〇年四月号「新潮」に「ミステリーの文学賞」というエッセイを書き、審査の舞台裏を明かしている。「純粋なミステリーが直木賞を受けたのは、この作品がはじめてのような気がする」を受けて、小林が直木賞における「推理小説暗黒時代」があったことを『読書中毒』で書いている。小林によれば、長らく「推理小説では直木賞がとれないというのが常識だった」。それは「戦前に直木賞を得た推理作家が選考委員にいて、推理小説を片っぱしから落とした」からだ。また、時代小説作家も推理小説の勃興を忌避した。

この、問題の推理作家は「いくらなんでもズレている」という理由で、選考委員を下ろされる。バトンタッチして選考委員に就任した松本清張の時代から、広義のミステリが次々と受賞するようになった、というのだ。いかにもありそうな話だ。そうなると気になるのが「ズレている」推理作家の選考委員とは誰か？で、これは調べるとすぐ木々高太郎《きぎたかたろう》だと分かる。しかし、木々がいなくなっても、ミステリ音痴の選考委員は依然として無くならない。田辺のエッセイを引用し、小林が「もっとも笑った」と書いている個所があり、私も笑った。田辺が明かしたところによると、選考会議でこんなやりとりがあった。

原尞の受賞作について「探偵のカンがよすぎる」という批判があった。田辺は「探偵というのはカンがいいものですよ」とすぐさま反論した。ここへ「（笑）」を入れたくなる。田辺聖子は、非常に健全な文学観賞眼を備えていたことが、この一件で知れるのだ。それも併せて、ご冥福を祈りたい（二〇一九年六月六日逝去）。

宮部みゆき『火車』と亀有

七月某日、落語好きの仲間三人と、亀有駅前「かめありリリオホール」へ桂文珍・柳家喬太郎共演による「特撰東西競演落語会」を聞きに行く。亀有の地名は、なんといっても秋本治『こちら葛飾区亀有公園前派出所』(通称「こち亀」)が全国区にした。「リリオホール」が入る「イトーヨーカドー」近くにも「こち亀」像がある。さっそく三人で記念撮影。

亀有駅は常磐線で、地下鉄千代田線が乗り入れている。これは便利なのだが普通電車しか止まらない。私は千代田線で北綾瀬行きに乗ってしまい、北千住で乗り換えたのだが、各停と快速はホームも違い、階も違う。それでちょっとまごついた。慣れてしまえば、非常に便利な路線だろうが、初心者は事前にリサーチしておく必要がある。

常磐線で各駅名を確かめながら、ああそうだと思い出したのが宮部みゆき『火車』である。新潮文庫に収録。「カード社会の犠牲者ともいうべき自己破産者の凄惨な人生」（文庫カバー解説）を取り上げた長編だ。時代は一九九二年。冒頭で休職中の刑事・本間俊介が乗車しているのが常磐線。綾瀬、亀有、金町と駅名が登場する。空いていた電車に、亀有駅で「数人の乗客が乗りこんできた」。亀有駅を離れ、「中川を渡るとき、左手にそびえる三菱製紙の工場の紅白に塗り分けられた煙突から、真っ白な煙があがっているのが見えた」と描かれている。

この「三菱製紙工場」は今はなく、跡地は「三菱ガス化学東京テクノパーク」という、何がなんだか分からない施設に変身。亀有育ちの秋本治による『両さんと歩く下町』（集英社新書）を読むと、高度成長期には、日立製作所、日本紙業などの大工場が中川の川べりにあったという。工場労働者の町だったのだ。

本間が住む公団住宅は金町駅で下車し、雨の日ならタクシーを使う距離にある。水元公園の南側。妻を亡くし、養子にとって育てた一人息子と二人で暮らしている。妻の従兄の息子という微妙な関係の若者が訪ねてきて、失踪した婚約者の行方を調べて欲しいと依頼したことから物語が動く。さすがは宮部みゆき。読みごたえ充分の小説であります。

ちなみに、亀有駅前に公園はありますが、公園前に派出所はなく、両さんはいませんから。念のため。

インドアとアウトドア

毎朝、出勤していかねばならぬ人たちにとって、朝起きて雨が降っていれば、少しユウウツになるだろう。梅雨に入って、当然ながら雨の日が続く。
「樹も草もしづかにて梅雨はじまりぬ」日野草城《そうじょう》
当方はフリーの身。用事がなければ、外へ出ることも少なくなるわけで、家にいることが多くなる。雨が降ってなければ、用事がなくても何となく外へ出たくなるが、それもない。仕事が片付くし、本もたくさん読めるわけである。もともと、完全なインドア派の人生を送っていて……とここまで書いて、別のことを思

い出した。
つまり、日本とアメリカのドアの開け方の違いである。さほど気にしていなかったが、渡辺武信『銀幕のインテリア』（読売新聞社）を読んでいて、なるほどと思ったことである。「アメリカ映画の探偵や刑事は犯人の家に踏み込む時、ドアに体当たりしたり、足で蹴り破ったりして入ることが多い」と渡辺は言う。ドン・シーゲル『刑事マディガン』や、同じ監督の『ダーティ・ハリー』でも、そんな場面がある。しかるに、「こういう場面は日本の刑事物ではあまり見ない」のはなぜか？

どうです？　ＮＨＫ『チコちゃんに叱られる！』で扱われそうな話題でしょう。なぜ、日本の刑事はドアを蹴破らないのか。これはじつに簡単な話で「日本の玄関扉はたいてい外開きだからだ。外開きのドアを外から蹴ったって開きっこない」のである。では、なぜアメリカと逆に、日本の玄関扉が外開きなのか。これが目からウロコの話なのだ。

アメリカでは靴のまま部屋の中へ入る。ドアの内側はいきなり部屋、である。もうおわかりでしょう。日本は靴を脱いで部屋に入る。そのため、ドアの内側に靴脱ぎスペースがある。「内開きだと開いた扉が土間の履き物に引っ掛かるからで、狭い玄関ほどそうなり易い」。ううむ、なるほど。

もう一つ、アメリカの住宅では、よく勝手口に網戸がついているが、その話も『銀幕のインテリア』には出てきます。興味のある方は、ぜひ探してみて下さい。

宇野千代が岩波文庫入り

たやすくいつでも新潮文庫で読めると思って手を出さなかった宇野千代の代表作『色ざんげ』が、いつのまにか品切れで、岩波文庫に収録されることになって、そうだこいつがあったと目が覚めた。宇野の作品が岩波文庫入りするのはこれが初めて。一九九六年に死去しているから、二十数年たっての快挙であった。「快挙」とは大げさな、と思われるかも知れないが、岩波文庫に権威があるのは明らかで、大江健三郎、谷川俊太郎など例外は少しあるが、基本、現存する作家の作品は長らく収録されなかった。生きている間に果たせたら、おそらく宇野は喜んだろうと思う。

昭和初年の東京、洋行帰りの画家「僕」湯浅譲二、三十二歳の元へ、毎日のように小牧高尾という若い女から恋文が届く。高尾の父は三菱の重役である。湯浅は興味本位で女に会いに行く。女は湯浅に「好き」と言い、ホテルへ行く。高尾の方から誘ったのだ。その後、高尾は家出をする。高尾の友人である西条つゆ子が湯浅を訪ね、高尾のいる逗子のホテルへ二人は向かう。しかし、高尾には若い恋人がいた。

徹頭徹尾、男女の恋愛のことしか書かれていない。若い複数の女に振り回される中年男性はどこか滑稽であり、それゆえ切実でもある。『源氏物語』を思わせる色恋沙汰の明け暮れを描いた『色ざんげ』は、宇野の作家的技量を示すものだ。湯浅は宇野の愛人だった東郷青児をモデルにしているが、男を視点の中心において、男女間の駆け引き

を冷静に描いている。これはとても男では描き切れない世界である。

おや、と思ったのは、つゆ子の見合いが歌舞伎座で行われる。つゆ子は見合いを嫌い、脱出する。最近はどうか知らないが、ある時期まで、中流以上の家で見合いをする場所として、歌舞伎座がよく使われたらしいのだ。

そこで思い出したのが小津安二郎監督『お茶漬の味』（一九五二）である。節子（津島恵子）という跳ねっ返りのモダンガールが、両親に無理やり見合いをさせられ、それが歌舞伎座であった。見合いなどしたくない節子は、これをすっぽかし、競輪場へ出かける。なんだか、『色ざんげ』と似た話だな。

高井有一『時のながめ』を読む

高井有一（一九三二〜二〇一六）という「内向の世代」に属する純文学作家がいる。私は熱心な読者ではないが、『時のながめ』（新潮社／二〇一五）という美しい装幀のエッセイ集を古本屋の店頭均一で買って読んだ。これが高井の最後の著作となった。内容は身辺雑記と回想、作家の追悼など。

今回初めて知ったが、高井の祖父は作家の田口掬汀《きくてい》。明治期に家庭小説というジャンルで一世を風靡した流行作家である。父は画家の田口省吾。高井有一、本名田口哲郎は東京生まれ。戦中の一九四三年に祖父、父を相次いで失い、母に手を引かれ妹と祖父の故郷である秋田県角館へ疎開する。敗戦後たちまち生活は困窮し、『時のながめ』によると、外国語に堪能な母は進駐軍の仕事を斡旋されるが拒み、やがて自殺したという。芥川賞受賞作『北の河』は未読だが、そのあたりのことが書かれている。ぜひ読みたい、という気持ちになってくる。読書の幅を広げるなんて、簡単なことなのだ。

孤児となった高井は、母方の祖父を頼って上京、成蹊高校、成蹊大学と進む。川端康成を筆頭に、若くして父母を失った経歴を持つ作家（文化人）が多いことに気づく。いま思い付くだけでも、小泉八雲、中村真一郎、中西悟堂、西村伊作がそうだった。片親となると、もっと数が増える。不幸な生い立ちと作家の因果関係を考えたくなる。

『時のながめ』には、さまざまな作家との交遊、回想の文章が含まれる。いくつか紹介してみたい。古今亭志ん朝を、まだ真ん打になる前の朝太時代に聞いている。圓生主宰の「若手落語勉強会」で高座に上がり、「大工調べ」を熱演した。客席の最後列には圓生始め、父の志ん生などお歴々が並ぶ。これはやりくにくかつたろう。登場人物である大工棟梁の政五郎を八五郎と言い間違えた。「首を振つて言ひ直したら、客が一斉に志ん生の方を振り返つたのが可笑しかつた」。息子のしくじりに親父がどんな顔をしているか見たかったのだ。

高井有一がそう呼ばれた「内向の世代」と同世代の文芸評論家・川村二郎は二〇〇八年二月七日に死去。享年八十。高井によれば、「夕食のあと夫婦二人で紅茶を飲み、先に寝室に入つた奥さんが、明くる朝起きてみると、椅子に倚掛つて安らかに死んでゐたといふ」。極楽往生とはこのことか。会葬に出席した者はみな、いい死に方だ、うらやましいと言った。永井龍男は鎌倉文学館の館長時代、同館で文芸講演をやった際、出向いて講師に必ず「鳩サブレー」の箱を手渡しねぎらったという。

川端康成は文学全集全盛時代、ある大手出版社が川端の巻を三巻にして目玉にしたいと考えた。しかし、川端は「それはいけません。私の作品なんか、一巻に全部入つてしまひます」と断った。永井といい、この時代の作家は律儀で古武士のごとき姿勢を保っていた。

なお、高井有一は共同通信文化部記者時代、大阪支社に転勤して寝屋川市に住んでいた。寝屋川は私が生まれ育った枚方の隣りの市。一九六四年から三年半住んだというが、それなら私と時期が重なっている。京阪電車の車内で、いつか乗り合わせたことがあったかもしれない、と想像するのは楽しい。

中野重治が抱いた赤ん坊

濡れたら、もうそのまま捨ててもいいや……ぐらいの覚悟で、ときどき風呂に浸かりながら古雑誌を読む。かならず発見があるのだ。そうして某夜、中央公論社（当時）の文芸雑誌「海」（一九八〇年十一月号）を拾い読む。富士正晴による吉川幸次郎追悼、島村利正による端正な女性小説「神田連雀町」、囲みコラム「文学こぼれ話」の川端康成が徳田秋声を大絶讃した話、池澤夏樹の『羊をめぐる冒険』評（批判あり）など、どれも面白い。ヒポクラテスの肖像が西洋医学の祖として聖者化されて、江戸期の蘭学者たちの間で床の間に肖像画を飾る風習があった（富士川英郎「依卜加得賛《イポカルテ》」）とは初耳である。

一つだけ詳しく紹介する。この年、八月二十八日に亡くなった私小説作家・上林《かんばやし》

暁《あかつき》の小さな追悼特集が組まれている。親交のあった尾崎一雄と川崎長太郎のシブい対談を読む。ここで、昭和二十四年の正月、神奈川県下曽我の自宅で臥せっていた尾崎を、中野重治と上林暁が見舞いに訪れた話が披瀝されている。井伏鱒二は用事で来られなくなった。井伏と上林は分かるが、中野というのは意外。中野は「共産党員で、参議院議員をたしか当時やっていたと思うんですが、彼がまた上林君をとても好きなんだ」と尾崎。

尾崎の家の近くに、太宰治の愛人だった太田静子が住んでいた。太宰は昭和二十三年六月に入水自殺し、その年の十一月に女の子が生まれた。のちに作家となる太田治子である。中野、上林を連れて、尾崎は太田を訪ねた。

「これが太宰治の赤ん坊だって言ってね、静子さんに二人を紹介したんだ。そしたら中野が赤ん坊を抱いてましたよ(笑)。上林君もニコニコしてね、そういうことがありました」。

文学史の中では埋没しそうだが、そこに文学者たちがいたことを示す、なんだかいい話である。

文学こぼれ話

高円寺「西部古書会館」の即売展で、昭和四十年代に各社から出版された文学全集の挟み込み月報の束（不揃い）を三つ買った。各一〇〇円だった。もうなるべく本は買うまいと思いつつ、ふらふらと寄って、慰めに本以外のこういうものを買うクセがついた。

挟み込みだから一冊が薄く軽く、寝床でパラパラと読むのにちょうどいい。大阪に「本は人生のおやつです！」という変わった店名の古本屋があるが、

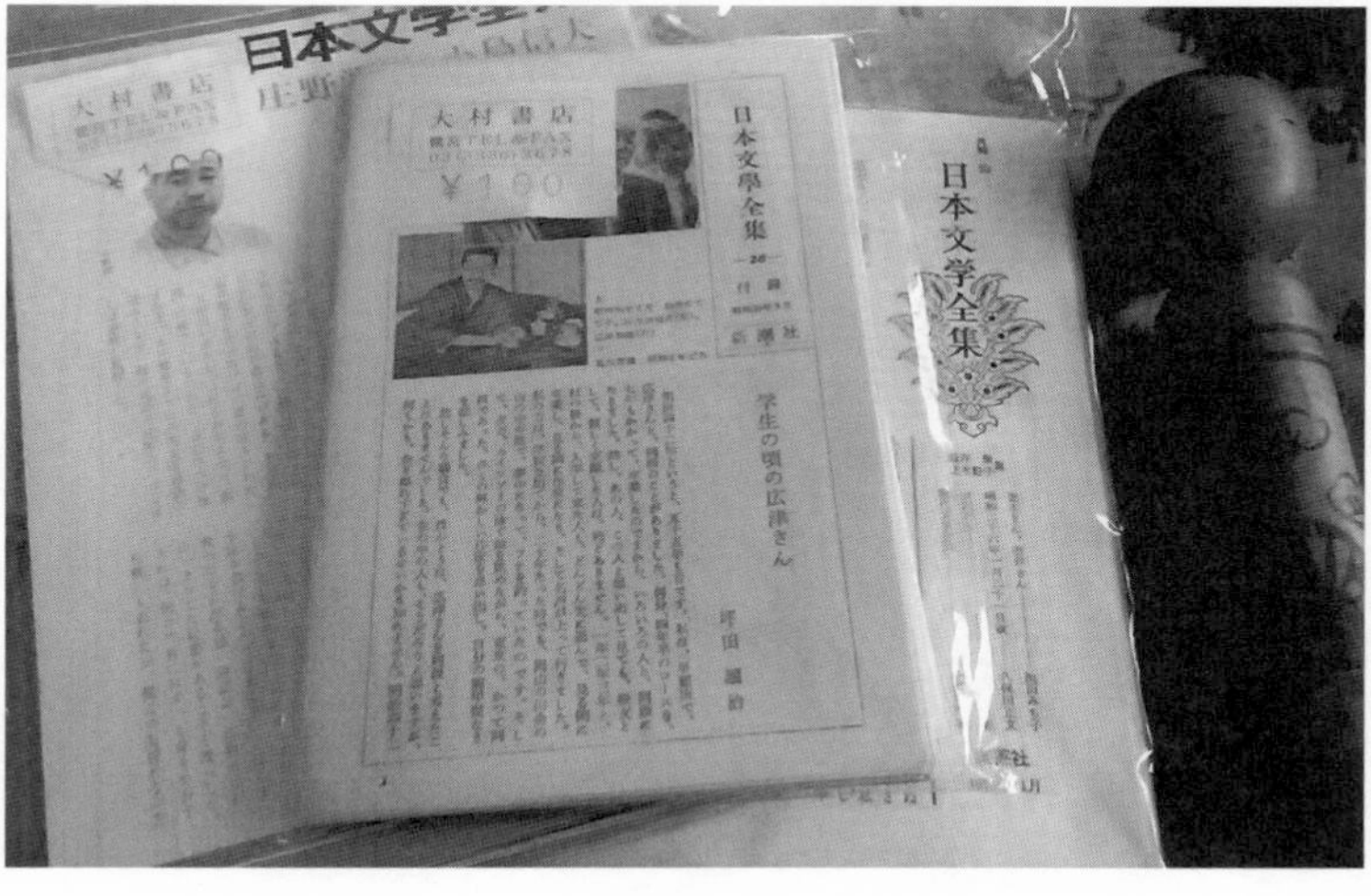

これなど、さしずめ「読書のおやつ」というべきか。たとえば集英社が一九七五年に出した「日本文学全集」月報『井伏鱒二集』に吉岡達夫が「約束」という題で一文を寄せている。

具体的な中身は分からぬが、その頃吉岡は、不愉快なことに見舞われ、「拘泥し、酒を飲むと、そのことに憤慨した。なにか業にとりつかれたような慷慨のしかたであった」という。それをたびたび酒席で聞かされた井伏は、自分の所持する観世音の立像（いつも机の引き出しに入れていた）を吉岡に渡した。「これを君にあげる。この仏像を拝んで、いやな事を忘れなさい。君は小説を書くことです」と言った。いい先輩なのである。

ところが、仏像の御利益はなく、またしても吉岡は酔うと荒れて、不平不満を口にした。周りは迷惑である。ある晩も、井伏と酒を飲みながら同じことを繰り返した。すると「君、約束が守れないなら、仏像を返してもらおう」と厳しく言った。吉岡はいっぺんに酔いがさめ、反省したという。私もこんな先輩がほしい。

壺井栄・芝木好子の巻に池田みち子が書いた「芝木さん、壺井さん」。中央線沿線に多くの女流作家が住み、それぞれの家に持ち回りで集まって、飲み食べる会があった。大田洋子、大原富枝、畔柳《くろやなぎ》二美《ふみ》、佐多稲子、芝木好子、壺井栄、森三千代などがメンバー。池田もその一人。池田はそこで壺井と知り合う。

夫の壺井繁治《しげじ》は左翼作家で刑務所に収監されたこともある。苦境の中、壺井栄は『二十四の瞳』が映画化されてベストセラーとなる。二人に子はなく、よその子を三人も引き取って育てていた。流行作家の彼女に、一族が精神的、経済的におぶさっていた。そんな中でも壺井栄は、子どもの弁当を毎朝、自分で作った。

壺井栄という作家にそれほど関心があるわけではないものの、こういう話を聞くと、なんだか体温を感じるのである。

カラフルな『現代文』

私の学校の成績は本当にひどく(特に数学)、進級会議にかけられるほどだった

が、唯一「国語」の成績だけはよかった。高校の国語の教科書を、学年が改まって配付されるとき、受け取るのが非常にうれしかった。教わるテキスト以外の文章も熱心に読み、多くの作家を知り読書の幅を広げていったのである。

今でも、高校一年の時に使っていた「現代国語」の教科書があれば、もう一度現物を見てみたいと思う。古本屋や古本市に出入りするようになってから、多少そのことを意識し、教科書があれば手に取るようになった。しかし、多くは古書として資料的価値が出る昭和二十年代くらいまでのもので、ここ数十年のものはめったに出ない。高円寺の西部古書会館の古本市で最近見つけて買ったのが、二〇〇七年検定済みの『精選現代文』（東京書籍）。三〇〇円だった。中を開いてまず驚いたのは、写真やイラストを含め、カラー刷できれいなこと。巻頭の「評論文」は茂木健一郎「最初のペンギン」と清岡卓行「ミロのヴィーナス」。後者は、私たちの時代から教科書採択でおなじみの作品だった。茂木の文章にはカラーのイラストがつく。これが安西水丸《あんざいみずまる》の手によるもの。いかにも楽しそうなページになっている。

教材の書き手は、村上春樹を始め、小川洋子、リービ英雄《ひでお》、中村桂子、養老孟司など今っぽい人選がなされている。と同時に、吉野弘や谷川俊太郎の詩、中島敦「山月記」、夏目漱石「こころ」、志賀直哉「城の崎にて」、森鷗外「舞姫」、梶井基次郎「檸檬」と、我々の時代にも常連だった昔からの定番作品も目次に挙がる。漱石や鷗外が国語の教科書から消えていくと聞いたことがあったから、ちょっとホッとしました。国語教師の経験がある身として言うと、こうした定番作品があれば、年に一度か二度、教材研究をしなくても授業ができる。経験も加わって、より密度の濃い授業になるのだ。

あと、もう一つ。注や図版が親切だ。「檸檬」では「蓄音器」に解説とカラー写真が入っている。

作品の「私」（梶井基次郎）が、寺町通りを南下し、「果物屋」で檸檬を買い、「丸善」の洋書売り場にそれを置いてくる。その道中が「当時の寺町通りとその周辺」という地図で示されている。これは便利。「丸善」が河原町通りではなく、もっと西側の麩屋町通《ふやちょうどおり》にあったことがはっきり分かる。本文用紙も上等。いやあ、こんな教科書を使っているなら、いまの高校生よ、もっと「国語」を好きになりなさい。

宇宙船で読まれた『白鯨』

『ディープインパクト』（一九九八）はスピルバーグ製作総指揮、ミミ・レダー監督による大それた映画。地球に巨大隕石が接近、地球の破滅を阻止するためアメリカが立ち向かう、といった説明でよろしいでしょうか。CGを駆使したおバカ映画という感じもあるが、なにしろロバート・デュパル、モーガン・フリーマン、ヴァネッサ・レッドグレイヴと名優を揃えている。その点でのクオリティは保証されているわけだ。

さて、ここで取り上げたいのは、またまた本の話。地球を救うため、核弾頭を積んだ宇宙船が巨大彗星に突っ込むことになる。その船長がロバート・デュパル。彼は読書家で船内に二冊の本を積み込んでいる。一冊は『白鯨』で、もう一冊が『ハックルベリー・フィ

ンの冒険』。老将である彼は、若い船員たちが本を読まないことを嘆く。死を前にして、視力を失った船員に本を読んできかせる。それが『白鯨』だった。「心の中はいつも雨降る十一月……」とあるのは、第一章の冒頭部分（同作は「語源」「文献抄」が最初に付く）。新潮文庫版（田中西二郎《せいじろう》訳）で該当部分を引いておこう。

「まかりいでたのはイシュメールと申す風来坊だ。（中略）口のまわりに不機嫌な皺《しわ》の出来たとき、こころのうちに十一月の湿っぽい糠雨《ぬかあめ》の降りつづくとき」

『白鯨』はその後、様々な人の手を経て新訳（千石英世《せんごくひでよ》、八木敏雄など）が出るが、新潮文庫初版（一九五二年）の田中訳は今からするとやや古風。「まかりいでたのは」なんて軽業の口上みたい。しかし、古風であるがゆえの格調がある。

アメリカ人にとって魂の故郷ともいうべき神話的大作、メルヴィル『白鯨』が出版されたのは田中西二郎「訳者のノート」によれば一八五一年、まずロンドンで、次いでニューヨークで出版された。日本はまだ江戸時代の幕末。ペリーの黒船来航が西暦に直せば一八五三年だから、『白鯨』が出た頃、日本ではまだ武士が刀を差し、ちょんまげを結っていたと考えると、何か感慨がありますね。

対談集、座談集

あんまり意識したことがなかったけれど、蔵書の整理をしていて気づいたのは、私がずいぶん対談、座談集の類をたくさん持っているな、ということだ。本人が自分の手で書いたものしか読まない人もあろうから、これは私の読書における一つの傾向、と言えるかもしれない。

何より、気楽な感じがいい。文章で書くのとはまた違う、リラックスした雰囲気から思わぬ本音やエピソードが出てくることもある。それに、作家以外の俳優や歌手などは、ちゃんと自分で筆を握って書いた著作は少ないわけだから、へえそうなんだと感心する場合がよくある。「声」が聞こえそう、というのも書いた文章とは印象が違ってきて親和性が増す。

二〇一九年に亡くなった和田誠は、本職のイラストレーター以外に、装幀やジャケット、ポスターデザインほか、歌も作るし、映画監督までやってのけた才人だ。そこに付け加えておきたいのが、インタビューの名手であること。「話の特集」誌上で連載された対談が『インタビューまたは対談』というタイトルで続けて本になっている。結局、何冊出たか。知りたい人は自分で調べてください。

いま手元にあるのが巻数のついていない最初の一冊。一九八五年に話の特集から刊行。田中裕子、桑田佳祐、山藤章二、桃井かおり、林真理子、森田芳光、立川談志など十二名分を収録。人選もよいです。それぞれの初出はないが、「『話の特集』(八三年五月号から八五年四月号)より収録」とある。最初が田中裕子。私はこの女優さん、好きです。これほど目が小さくて大成した女優は珍しい。近眼らしいですが(対談に「〇・一あるかないかくらいです。検査だと、一番上がわかるくらいじゃないですか。覚えてるから(笑)、ほんとはわからないのかもしれない」とある)、八文字眉と、あの小さな目でぼーっと見つめられると、たいていの男はイチコロであります。

この対談で「へえ」と思ったのは、田中裕子が大阪出身、ということ。じつは和田誠も大阪だ。ちょっとイメージと違うでしょう。それで出身の話になる。こういう共通点が話のきっかけになる。和田が「阪和線の南田辺」に八歳まで。田中は中学二年になったばかりの頃まで「宝塚線の石橋駅」にいたという。どちらも大阪の中心部というより、ちょっとはずれた周縁部だ。

私が、ここらあたりを対談の妙味だなあと思ったのは、たとえば田中の次の発言。「天王寺の地下鉄ってのは、くらーい印象がありますね（笑）」。これは和田が、幼かったから大阪の町のことをあんまり知らず「天王寺の動物園はよく覚えてるんだけど」と言ったことに引っ張られて出てきた発言だ。田中は一九五五年四月二十九日生まれ。私と二つしか違わない。たしかに、天王寺に限らず、大阪の地下鉄の駅構内やホームは全体に少し暗かったのではないか。これがもし、聞き手が和田誠ではなくて、大阪出身者ではなかったとしたら、まず出なかったはず。

この対談が一九八三年に行われたらしいと分かるのは、田中が出演し評判となった映画『天城越え』の話をしているからだ。また、共演した沢田研二と結ばれるきっかけとなった『男はつらいよ　花も嵐も寅次郎』の話題も。これが一九八二年の十二月末の公開。和田が『男はつらいよ』の「裕子さんはすごく良かったね」とほめたのに対し、「そうですか」とややためらいがちに受け止め、「しんどかったです」と答えている。そのポイントは「普通の女の子の役っていうのは非常に難しいわけだけど、山田さんが思ってらっしゃる普通と、私が思ってる普通が違うということがあります」という点にある。これ、分かるでしょう？　説明なんかしませんよ。田中裕子が非常にクレバーで、個性的な女優さんだということが改めて確認した。

避けられない運命との闘い

トマス・H・クック『キャサリン・カーの終わりなき旅』（早川書房）は、いつ読んだのだったか。メモ帳に私の記述が残されている。傷心の記者と早老病の少女（十二歳）が素人探偵となって、失踪した女性を探す。「傷心」というのは、かつて旅行作家だったジョージに悲痛な過去があった。「雨がひどかったら迎えに来てくれる?」と息子に言われ、迎えに行くと約束しながら時間に間に合わず、息子は何者かに連れ去られてしまう。そして死体で発見されるのだ。

そのことをずっと後悔し、負い目を抱いて生きている。

私が小説を読んでメモするのは、こうした梗概《こうがい》と、ちょっとした細部だ。たとえば、こんな個所。ジョージの記者仲間であるチャーリーの書く記事は、編集長の評価が低い。それを「おれの記事はいつもなにかが足りないんだ」と言う。「私」すなわちジョージは、彼の原稿に足りないものを知っていた。

「血の通ったストーリーだ。筆致ににじみ出る生真面目さ、言いまわしに表われる真剣味、そういう読者を引きつけるものすべてが欠けている」

これは新聞記事を書く際の要諦。私が書くのはもっぱら書評が中心だが、やっぱり同じことが言えるし、そうしたいとつねに考えて書いている。書評であっても、ストーリーが必要だ。小説を書評する場合の、作品におけるストーリーではない。エッセイや評論の書評であっても、読者に訴えかけるためのなにがしかの流れが必要、という意味である。書評は、取り上げる本に従属する奴隷ではない。

それ自体、一個の読みものとして私は捉えている。独立して、その文章を読んで満足感や快感がなければならない。

四〇〇字でも八〇〇字でも、やることは変わりなくて、全体を四分割して流れを作っていく。わかりやすい説明で言えば「起承転結」になろうが、そう割り切った話でもない。ここはちょっと微妙な話である。毎回、取り上げる本によって方法論が違ってくるのだ。だから、これまで書評を書いてきた経験はもちろん生かすし、それがないとお手上げではあるが、基本はゼロから原稿に向かい、書き始める。書き始めたら、自分の書いた文章に引っ張られて、思っていなかった展開になることもある。それは困ったことではなくて、流れにまかせてしまう。けっこうそれでうまくいくケースが多い。

『キャサリン・カー』に話を戻せば、ここも線を引いて抜き出した。ジョージが亡くなった父に、かつて「一番苦労したことってなんだい、父さん?」と聞いたことがある。父の答えに心をえぐられた。こう言ったのだ。

「避けられない運命との闘いだ」

まったく人の一生の道程は穴ぼこだらけで、見えていればいいが突然足を取られる、あるいは落っこちて傷を負う。逆に、偶然うまく回避できることもある。つらく悲しいこともあるが、それも人生の一部だと受け止め「うま味」とも考えて、やりくりしていくしかないのだ。

呼び捨てにしてもいいのか

長年、少し不思議に思っていたことがある。戦後に活動期が始まった「第三の新人」と呼ばれる文学グループについてだ。私が高校時代、最初に触れた現代文学でもあった。とくに庄野潤三は、生涯でこの一人と言える敬愛する作家だった。生年を含め、代表的なメンバーを並べると以下の通り。

小島信夫（一九一五）、小沼丹《おぬまたん》（一九一八）、阿川弘之（一九二〇）、庄野潤三

（一九二一）、安岡章太郎（一九二〇）、遠藤周作（一九二三）、吉行淳之介（一九二四）、三浦朱門《しゅもん》（一九二六）

場合によっては島尾敏雄（一九一七）などを含めることもあるが、島尾は戦後派の方に数えられたりもする。「第三の新人」と括られていても、小島と三浦では十一歳もの歳の開きがある。にも関わらず、彼らはみな仲間内で互いを「さん」「くん」付けせず、姓を呼び捨てにしていた。吉行は四歳年上の安岡を「おい、安岡」と呼んだ。通常のサラリーマン社会では考えにくい習慣ではないだろうか。

一歳の差なら、たとえば私は早生まれ（三月）なので、ひとつ歳上の連中と多く同じ学年になり、その場合はみな呼び捨てにしていた。高校一年の時、同じクラスにいた山本善行（京都「古書善行堂」店主）は、いまだに付き合いがあって「山本」もしくは「善行」と呼ぶ。「第三の新人」たちにも、同じ時期に前後して作家活動が始まり、一緒に顔を合わせることが多かったので、「同級生」という気分があったか。

この件について、おもしろいものを読んだ。「現代詩手帖」（二〇一七年六月号）の「追悼特集　大岡信」に、中村稔・菅野昭正《かんのあきまさ》・三浦雅士《まさし》の座談会がある。そこで、こんなことが語られているのだ。三人のうち、中村は昭和十九年に旧制高校へ進学した組。戦後に新制に切り替わる訳だが、旧制高校には独自の文化と伝統があった、という話になる。そこで三浦がこう言うのだ（ちなみに三浦雅士は一九四六年生まれで「新制」組）。

「旧制高校の伝統ということで言うと、ぼくの体験したかぎりでは、旧制高校に行った人たちは、友人と認めた人を、多少年齢が上だろうが下だろうが、ぜんぶ呼び捨てなんですね。大岡さんは粟津則雄《あわづのりお》さんのことを『粟津』って呼ぶでしょう。川村二郎さんが呼び捨てにすごく反発したことがあって、『粟津は初めて会ったのにおれのことを呼び捨てにした』って怒ったことがあった。川村さんは八高でしょう」

補注をしておくと、ここに出る名前の生年は、大岡信が一九三一年、粟津則雄が一九二七年、川村二郎（同姓同名の元朝日新聞記者あり）が一九二八年である。

だから、上下関係で言えば、粟津が一つ年下の川村を「呼び捨て」にしたことはおかしくなかった。川村も旧制高校の出であったが、「初めて会ったのに」という部分で「呼び捨て」に引っかかった。難しいものだなあ、この問題は。菅野によれば、「粟津の対人関係は特別ですね。彼は三高でしょう。安東次男さんは十歳近く先輩になると思いますが、『安東』と言いますから」。実際は粟津と安東(一九一九)は八歳違い。安東も旧制三高の卒業生だった。同窓の意識が働いたか。それとも、「粟津の対人関係は特別」だったのか。このあたりは分からない。

この問題はしばらく座談会で引っ張られて、中村(一高から東大法学部)は「一高の場合は、ぼくは寮に入ったときに、この部屋では上級生でもさん付けしないから、呼び捨てにしてくれ、ということを上級生から言われた」と証言。すると菅野も「ぼくも高等学校ではそうでしたよ。敬称なしでやろうと言われた。なぜかと説明があって、エガリテ(平等)だ! なんて一喝されてね(笑)」と補足する。そして、冒頭で触れた「第三の新人」における互いの「呼び捨て」について言及されるのだ。

「ジョルジュサンク」で木下杢太郎とはっぴいえんどについて考えた

心屈することがあると、家を飛び出し、自転車を走らせて国分寺にある古書店「七七舎《しちしちしゃ》」までよく向かう。同じ市内だが三十分ぐらいの道程か。最短ではなく、あまり車が通らない脇道を選んで、編み出したコースをたどることになる。車の通行の多い幹線道路や急坂は避けたいわけだ。一本裏筋の旧街道のような道。この道中もいい。二月下旬、体を包む空気はすでに春の匂いだ。毎年迎えているのに、毎年忘れて、初めてのように春の暖かさを感じ、少し心がほころぶ。春に向かう感じは春そのものよりもいい。時々寒さがぶり返し、また暖かい日が続き、気がついたら春だ。

一年をかけての蔵書大量処分中とあり、あまり本を買わないようにしているが、それでもこうして時々古書店を覗いて、何冊かは買う。主食の摂取は止めたが、スイーツは別腹で……という感じか。この日も「七七舎」とすぐ近く路地裏の「早春書店」の店頭均一で数冊を買う。たまには何を買ったかを書いておこうか。「七七舎」では、小川国夫『青銅時代』（新潮社）と河盛好蔵《かわもりよしぞう》編『木下杢太郎《きのしたもくたろう》詩集』（岩波文庫）。「早春書店」では、文芸誌「新潮」二〇一六年六月号（アレン・ギンズバーグ、五篇の詩　村上春樹・柴田元幸訳）と、薄い横長の図録『平成30年度収蔵品展　建築からまちへ一九四五―一九七〇　戦後の都市へのまなざし』（国立近現代建築資料館）の四冊。すべて一冊一〇〇円である。

本を買うとコーヒーが飲みたくなって、いつもどこへ行こうかと迷う。名曲喫茶「でんえん」は静かで、雰囲気もばつぐんだがタバコが喫えない。私は外へ出ると、ときどきタバコが喫いたくなる。家では喫煙しないので、一箱買うと一ヶ月くらい保つ。ところがご承知の通り、昨今、喫煙可の飲食店は激減している。どこかにないか。そこで、駅近くに一軒の喫茶店があることを思い出した。「ジョルジュサンク」である（東京都国分寺市本町三丁目四―五）。

「三十年以上続くカフェ『ジョルジュサンク』の扉を初めてくぐる人は、外の通りとはあまりに違う、クラシックレトロな空間に驚くに違いない。まず目に飛び込んでくるのはヨーロッパ式の柱から放射線状に伸びる特徴的な太い梁。暖かな間接照明が照らす店内には静かにクラシック音楽が流れ、ふわりと鼻をくすぐるコーヒーの香り。駅前の喧騒とは無縁のゆったりした時間が流れている」(国分寺エリアガイド)

ほんと、そんな店なのだ。いやあ、灯台下暗し。存在は知っているのに、いつも私がうろつく動線からはずれていたため、入ったのはこの日が初めて。希望する条件にドンピシャの、じつにいい店である。壁際の二人席に腰を下ろし、一人で切り盛りしているらしいマスターにブレンド（五〇〇円）を注文する。しばらくまったりとして、買ったばかりの本をテーブルの上に積み重ねる。コーヒー(美味い！）が届いたところで、本を読み始めるのだ。そしてタバコに一本火をつける。これは青春期より半ば儀式化されている手順である。

こうした古い喫茶店で、岩波文庫のページをめくるのは独特な感じがある。なんだろう、岩波文庫の持つ知的スタンダードの歴史が読む気持ちを引き締め、同時にどこかで開放するということか。木下杢太郎をちゃんと読むのはこれが初めて。「七七舎」の店頭で、あれこれ本に触っていてこれを手にし、「田圃道の放尿」という作品に目が留まった。正月三日、背広服の紳士が田圃道で放尿する。それだけだが、これはいい詩である。というわけで買ってみた。一〇〇円という価格は、どこか一か所引っかかりがあれば、それで買えてしまう。

コーヒーを口にふくみながら、少しページをパラパラとめくっていると、次のフレーズが出てきた。

「向ひ通るは清十郎ぢやないか、／笠がよう似た、菅笠が——」

「お夏清十郎」という詩の冒頭。ここで、あれ？と思ったのは、はっぴいえんどの「春らんまん」（作詞・松本隆）によく似た歌詞があるからだ。

向ふを行くのは　お春じゃなゐか
薄情な眼つきで　知らぬ顔
沈丁花を匂はせて
おや、まあ
ひとあめくるね

はるさめもやふのお春じゃなゐか
紺のぼかしの　蛇の目傘に
花梔子の雨が　けぶる
おや、まあ
これからあひびきかゐ

婀娜な黒髪　お春じゃなゐか

淡くれなゐに　頬紅そめりゃあ
巴旦杏もいろなしさ
おや、まあ
春らんまんだね

暖房装置の冬が往くと
冷房装置の夏が来た
ほんに春は来やしなゐ
おや、まあ
また待ちぼうけかゐ

……ね、そうでしょう。「清十郎」が「お春」になっているが、これは「お夏」の言いかえだろう。しかも旧かなづかい。松本隆は明らかに「お夏清十郎」を意識してなぞっている。ただし、木下杢太郎の詩からというより、大衆に広く浸透した江戸期の事件とその芸能化の方であろう。大店の娘「お夏」と手代の男「清十郎」が恋をし、手に手を取って駆け落ちするも捕えられ、男は斬首される。女は狂乱し行方不明となる。泰平の徳川治世下、心中や駆け落ちが流行り、それが芝居や歌になった。

お夏と清十郎の事件も、西鶴『好色五人女』ほか、芝居や小唄のバリエーションが作られ流布していく。ある時代まで（一九四九年生まれの松本隆、一九五七年生まれの岡崎武志ぐらいまで）、タイトルおよび代表的な文句はなじみのものだった。だからどうした、と言われると困るが、喫茶店でコーヒーを飲む、わずか一〇分ぐらいの間にわが脳髄にひらめいたことの報告でした。おしまい。

切り離されたギンズバーグ

国分寺の古本屋「早春書店」店頭で買った「新潮」を、家に帰って「アレン・

ギンズバーグ、五篇の詩　村上春樹・柴田元幸訳」の部分だけ本体からとりはずし、木工用ボンドで表紙を新たにつける。読みたいのはここだけで、あとは邪魔だ。目次の該当部分を切り、表紙に貼れば特製小冊子ができあがる。こういうことはじつにマメである、私は。

我々の世代では、ギンズバーグといえば諏訪優《ゆう》の翻訳と決まっていたし、それは遠い昔の話のようだが、村上春樹と柴田元幸の新訳となれば話が違ってくる。村上訳の長編詩「ウィチタ渦巻きスートラ（抄）」の最初と最後だけ引いておく。

「今では老いぼれた、カンザスの孤独な男になっちまったが／車の中でこうして自分の孤独について語ることを／おれは恐れちゃいない／というのは、それはおれだけの孤独じゃなくて／アメリカ中にいる、おれたちみんなのものだから、／なあ、みんな、語られる孤独というのは預言なのだ」

「『ピュア・スプリング・ウォーター』がひとつの給水塔に集められ／フローレンスの街が／とある丘の上につくられている／お茶と給油で一服してください」

村上の解説によれば、ウィチタはカンザス州の都市（初めて聞いた名前だ）。

四十歳のギンズバーグは、ビートの仲間たちとこの街へ長距離バスで旅をした。詩は紙に書くのではなく、バスの車内で移り行く景色を見ながら、テープレコーダーに録音された、とのことだ。でも、なかなかいいですね。「お茶と給油で一服してください」というあたりに、長距離バスで移動している感じがよく出ている。

アメリカ映画には、ガソリンスタンドで給油し、同時に軽食やコーヒーを摂るシーンがしばしば登場します。日本映画ではあまり見かけない。片岡義男の短編にアメリカの簡易食堂を兼ねたガソリンスタンドを舞台にした「心をこめてカボチャ畑にすわる」がある。これは名作ですよ。

同人誌「くまさんあたしをたべないで」の同人A・N嬢って？

この「オカタケな日々」というウェブ連載を始める時、最初は日記をと思って書き始めたが、並行して始めたブログの方で日々のできごとや行動は書いているので、やっぱりある程度まとまったことを各ジャンルにわたって書いていこうと方針を変えた。その書き方について、一つの手本となったのが大岡信の「文学的断章」シリーズであった。これはまだ「ユリイカ」が詩の雑誌と呼べた頃、いつ始まったのだったか。長期連載となり一定量がまとまると順次『彩耳記』『狩月記』『星客集』『年魚集』と青土社から本になった。かつて四冊とも持っていたが、一度手放し、最近になって『年魚集』が古本屋店頭に一〇〇円になっているのを見つけ、買いなおした。懐かしかったなあ。Ａ５の横幅をやや膨らませた変型サイズで、本体は簡易フランス装のソフトカバーで函入り。たいへんぜいたくな造りだ。本文文字も大きめで、たっぷり余裕のある組み方だから読みやすい。一九七六年刊の定価が一四〇〇円というから高価である。一九七五年当時の物価は大卒初任給が八・四万円。コーヒー二〇〇円。そこから現在、物価上昇率は二・五倍と荒っぽく考えて、一九七六年における一四〇〇円は今の三五〇〇円ぐらいの重さの金額だった。いや、貧乏学生に

は新刊ではとても買えません。

さて中身の話。これは「断章」という如く、短い文章をしりとり（あるいは連想ゲーム）のようにつなげて叙述されるスタイルを取る。例えば『年魚集』のⅨ章目次には「武満徹企画『今日の音楽』という催しでクセナキスを聴く／ジョン・ケージの小曲とキノコのこと／笛の唱歌（しょうが）を初めて聴いた／鳥のさえずりの多様さと日本音楽についての素人の考え」と断章の各タイトルが並ぶ。文学、音楽、美術など幅広い分野の関心が大岡信にあった。

その中で私が注目したのは「同人雑誌」について書いた章（Ⅷ章）。日野啓三が文学賞を受賞し、大岡を含む昔の同人誌仲間が日野宅に集まった。そこで保存されている大学時代の回覧雑誌を目にして、いろいろなことを思う。話は「今の高校生は、どんな雑誌を作っているのだろうか」となり、手元にある「くまさんあたしをたべないで」という「風変わりな名前のガリ版雑誌」を取り上げる展開に。都心部にあるミッション系の女子高校の十一人が二号まで出したガリ版刷りの雑誌だ。しかし、なんと異色で魅力的な雑誌名だろうか。内容もユニークで、矢切の渡しの船頭、上野動物園のクマ担当、宮内庁庶務課にインタビューしている。ちなみに雑誌名にちなんで、動物園職員を訪ねクマについて聞いている。「熊に襲われたら死んだふりをしろと言いますが」の質問に、「いくら死んだふりをしても、熊がふんふんと匂いをかいだだけで行ってしまうとは思われませんね」。きっと襲うだろうと言うのである。この雑誌、読みたいですねえ。

私の関心がもう一歩踏み込んだのは、同人の中に「A・N嬢」がいて、大岡が「そのお父さんと長年の知合い」だという個所だった。雑誌発行の年月日から推定すると、A・N嬢は私と同じ一九五七年生まれ（もしくはその前後）。さて、ここからA・N嬢は誰かを推理してみた。大岡の「長年の知り合い」でおそらく詩人、頭文字が「N」と言えば意外に少なくて中村稔がすぐ思い浮かんだ。その娘で検索してみたら、旧姓のまま「中村朝子」がヒット。まさしく「A・N」。現在、上智大学文学部教授でドイツ文学者になっている。『トラートル全詩集』は彼女の訳業だ。まず、間違いないと思われる。

試しに「中村朝子」「くまさんあたしをたべないで」で検索したが、こちらは手がかりなし。「おかざきさんあたしをさがさないで」と言われそうだが、どうしても読んでみたくなってきた。久しぶりに古書展（古書即売会）めぐりをするか。

フィッツジェラルド『グレート・ギャツビー』読み比べ

気づくと繰り返し読んでいるロバート・B・パーカーのスペンサーシリーズ（ハヤカワ文庫に収録）。そのうちの一作『拡がる環』（菊池光《みつ》訳）のこんな個所に目が留まった。子どものいない探偵スペンサーにとって、疑似息子ともいうべきポールとの会話。ポールがまず言ってスペンサーがそれに返す。

「『華麗なるギャツビー』にもっといい文句があるよ。彼が撃たれる直前の、なつかしい温かい世を失うことに関する……」

「ただ一つの夢を抱いて生きるのが長すぎたために、高価な代償を払った」

「それだよ」ポールが言った。

ひゃあ、かっこいい。スペンサーは読書家で、シェイクスピアでも詩の一節でも、たちどころに引用してみせる。こうして文学作品の一部がうまく引かれると、そのことで元の作品の魅力が増して、無性に原典に当たりたくなる。そこで手持ちの『ギャッツビー』を取り出す。村上春樹訳が出る前、『ギャッツビー』と言えば、新潮文庫の野崎孝訳であった。菊池光訳で『拡がる環』に引用された『華麗なるギャツビー』というタイトルはこれを敷衍している。ただし当該個所の訳が違う。以下は野崎訳。

「高い代価を払いながら、唯一の夢を抱いてあまりに長く生きすぎたと感じていたにちがいない」

村上春樹訳（『グレート・ギャツビー』）はどうか。

「たったひとつの夢を胸に長く生きすぎたおかげで、ずいぶん高い代償を支払わなくてはならなかったと実感していたはずだ」

三者を英文の原文に照らし合わせて、比較論評するほどの語学力は私にない。ただ、ぼんやりと日本語訳を眺めて、一番簡潔なのが菊池光訳（おそらく省略している）。あとは好みだろう。私は菊池訳がしっくりくる。暗誦して引用するには、この菊池訳がもっとも記憶しやすい。声に出して読んだ時、息継ぎなしに一気に最後まで通せる。村上訳はひょっとしたら原文には正確かもしれないが、途中、息継ぎが必要なようだ。

ところで『ギャツビー』と言えば、なぜか年末から正月にかけて読みたくなる。二十代より少なくとも二、三回は通して読んでいるから、あらためて全部を読むことはしない。最初の方だけとか、途中からとか、最後の方を少しという具合に、部分を数十ページ読んでそれで満足する。交響曲の第四楽章だけ聞くという感じか。ブラームスの交響曲一番の第四楽章だけ聞いて、気分を奮い立たせるということはあるだろう。小説だってそういうことがあっていい。今回久しぶりに通読して、いい気分になった。やっぱり名作だ。

仕事も些末な雑事もいちおう年内に終えて、静まり返った夜の中で、厳かな気分で『ギャツビー』を読むのは、よく似合うのだ。途方もない金持ちの青年によ

る、徒労ともいうべき豪奢で派手なパーティの日々。そして叶わぬ一途な愛と、待ち受ける悲劇。それが文学のおつゆをたっぷり吸った、こんな文章で彩られる。

「航跡に浮ぶ汚ない塵芥《ごみ》のようにギャツビーの夢の後に随《つ》いていたものに眼を奪われて、ぼくは、人間の悲しみや喜びが、あるいは実らずに潰《つい》え、あるいははかなく息絶える姿に対する関心を阻まれていたのだ」

あるいは、

「やがて夕映えの色は褪《あ》せ、彼女の面からも、黄昏どきに楽しい道路から去って行く子供たちのように、あとに心を残しながらも刻々と光は消えていった」

いずれも野崎訳によるが、溜息が出るような美しい文章で綴られる「滅びの美学」だ。京都にいる頃、街のどこにいても大晦日にはどこかの寺かでつく除夜の鐘が響いてきた。あのしんしんと冷え込む空気の中で読む『ギャツビー』と除夜の鐘ほど似つかわしいものはない、と思えたものだ。真底、貧乏な学生だったが、その時だけは心が豊かだったのだ。読書の楽しみを早いうちから身につけておいて、本当によかったと思う。残る人生怖いものなし、である。

フランク・ロイド・ライトに捧げる一文

ＮＨＫＢＳ２で『刑事コロンボ』シリーズを毎週放送している。同時期にＣＳのミステリーチャンネルでも、毎日二本ずつ同シリーズを放送。いかに強いコンテンツであるかが分かります。そんなわけで、録画したのをまたまた、さらにまた視聴することになる。ほんと、飽きずによく観るよ。とくに最初の二十本ぐらいまでが、プロットを含め、よくできている。

十四回目が『偶像のレクイエム』。内容については、ＮＨＫのホームページ解説を借ります。

「往年の名女優ノーラ・チャンドラーは、過去に出演した作品の損失を会社に押し付けていた。その事実を記者のパークスにかぎつけられ、口止め料を要求される。彼を殺そうと決意したノーラはパークス邸のガレージにガソリンをまき、車を爆発炎上させる。しかし乗っていたのはパークスではなく、彼の婚約者でノーラの秘書のジーンだった」。

このノーラ・チャンドラーに扮したのがアン・バクスター。実際に「往年の名女優」で、「イブの総て」「十戒」など、代表的な作品はいくつも挙げられるはずだ。……と言いつつ、じつはどんな作品に出ているかネット検索してしまった。驚いたことに、アン・バクスターは建築家フランク・ロイド・ライトの孫であった。

さあ、ここからライトの話に切り替わります。ひとまず『刑事コロンボ』のことは忘れて下さい。何に驚いたかと言えば、ちょうど「美の壺」（NHKBSプレミアム）再放送の「ライト」の回を偶然見たり、海野弘《うんの》『東京の盛り場　江戸からモダン都市へ』（六興出版）を再読し、ライトについての記述に感銘を受けたりしたからだ。こちらも偶然。ライトが私を呼んでいる（そんなことはないか）。

世界的なこの建築家を最初に知ったのは、高校時代に聴きはじめたサイモン&ガーファンクルの一曲「フランク・ロイド・ライトに捧げる歌」（So Long, Frank Lloyd Wright）であった。アルバム『明日に架ける橋』に収録。この時、歌詞カードにライトが何者かであるか、注があったように思う。それが私の初「ライト」だ。アート・ガーファンクルがコロンビア大学の建築科出身で、相棒のサイモンに曲作りを所望したのだという。なんだか知性を感じるなあ。日本の歌で、建築家の名前を歌にした作品ってあったかな。

一つには「フランク・ロイド・ライト」という名前そのものが韻律に富み、音楽性を内包している。口に乗せるだけでメロディーが出てきそう。「辰野《たつの》金吾《きんご》」ではそうはいきません。ライトが大の日本びいきだったことはよく知られる。浮世

絵の収集家だったし、本国アメリカ以外で、彼が設計した建築は日本のみ。代表は「旧帝国ホテル」(玄関部のみ明治村に移築)。ほか「旧山邑《やまむら》邸」、「自由学園明日館」「旧林愛作《はやしあいさく》邸」があり、いずれも持ち主は変われど保存されている。さて、海野弘『東京盛り場』に収録された「帝国ホテルの時代」を読んで感銘を受けた話をしよう。

ライトが設計した個人住宅「旧林愛作邸」の林愛作こそ、現在、日比谷に建つ帝国ホテルの前身建設計画の折り、ライトを設計者として招聘した人物であった。林は当時の支配人。しかしこれは冒険であった。「当時ライトは、住宅建築ではかなり有名ではあったがホテルの経験はなかった。その建築はかなり特異で前衛的であり、私生活はスキャンダルに包まれていた」からである。この「スキャンダル」とは壮絶なもので、問題の多い四人の妻を生涯に持ち(一番問題が多いのはライトだが)、そのうち一人がアン・バクスターの母親、ということになる。それだけではないのだが書くに忍びない。興味のある方はご自分でお調べ下さい。私はライトの名誉のためにあえて遠慮しておく。

そんなライトに帝国ホテルの設計をまかせることについては、周囲の反対もあったろう。しかし林は断行した。施主・大倉喜八郎会長の後押しもあったか。ライトによる新館の着工が一九一九年。ところが「その工事は、困難を極め、予定よりもどんどんおくれてゆき、費用もふくれあがっていった。ライトも完成まで見とどけることができず、後は弟子にまかして帰国しなければならなかった」。林は関係者から突き上げを食らったろうし、建築家が完成を見ずに帰国とは面目丸つぶれである。完成は一九二三年。直後、関東大震災に見舞われる。周囲の西洋建築は崩壊、火災で姿を消したが、当時の写真を見ると、旧帝国ホテルはほぼそのままの形で屹立している。

「あまりに費用がかかるので、玄関の前にプール（蓮池）をつくる計画をやめたいという案が出た。ライトは地震の時の火事を消すためどうしてもいると主張した」。そして、その通りになったのである。

ライトが日本を去る日のことを自伝に書いているという。以下、海野の著作から。ライトが船に乗るため、車で館内を抜けて玄関へ出た。その時、目にしたのは

「そこには働いている人たち全員が集って、私を待っていた」という光景だった。「あらゆる階層の働く人たち、掃除をする人から、ホテルの幹部までが集ってきて、笑ったり、泣いたり、外国風に握手をおかしげに求めたりした」。そして「アリガト」、「サヨナラ、ライトサン」と口々に叫んだのである。歓送会はすでに済んでいたが、ライトは「これこそ本当の見送りだ」と思った。

東京駅から汽車で横浜へ。すると港へは、汽車で追いかけてきたホテルの人々が駆けつけており、乗船するライトに手を振り、再び見送ったのである。ライトは「なんという人たちだろう。世界中で、こんなに忠実に、親切で心に触れるあたたかさを示してくれるところがあるだろうか?」と自伝に感激ぶりを記した。

ライト館は一九六七年に新館建設のため壊された。玄関部のみとはいえ、よくぞ明治村へ移築保存されたものだと思う。私は未見。しかし、ライト館の前に立つ時、ライトが聞いた見送りの声を再び思い出すであろう。

かつて大阪にあった温泉演芸場

桂米朝の『上方落語ノート』（全四冊）が順に岩波現代文庫に収録され、先ごろ『第二集』が出た。「落語と能狂言」「先輩諸師の持ちネタ」「続・考証断片」「おどけ浄瑠璃」など、落語にとどまらず、上方の諸芸全般に調査、研究が及んでいる。よくぞ書いておいてくれたものだと、学者肌だった米朝師に感謝したくなる。しかし、ここで難しい話はしない。ごくお気楽な話題をいくつか。

「温泉演芸場の思い出」という文章がある。大阪・新世界にあった寄席「新花月」が閉館（一九八八年九月）となったことに触れ、かつてここが「温泉演芸場」と呼ばれた頃を回想している。「温泉劇場」が併設されたことからこの名がつき、のち「新花月」に改名したという。私は存在こそ知っていたが、入ったことがない。特に幼少期、「新世界」自体、あまり足を踏み入れる場所ではなかったのである。率直に言えば怖かった。

米朝曰く、温泉演芸場時代に「よく出演してここで鍛えられたものだった」。なぜなら「おもしろくなければ大きな声で欠伸《あくび》はする。弥次はとばす、きびしいお客であったが、懸命にやっているとまたそれに応《こた》えてもくれた。馴染みになると大きな拍手で迎えてくれたし、落語に興味のないお客が『はよ引っ込め』などと言うと、『まぁ一ぺん聞いたれや』などと弁護してもらったこともある」。

温泉演芸場の出演者の一人に初代笑福亭福團治《ふくだんじ》がいる。落語の凋落期、漫才や音曲中心の上方演芸にあって、踏ん張っていた一人である。米朝はよく高座が一緒になり、本来なら「桂」系の芸名である「福團治」が、なぜ「笑福亭」なのかを聞き出している。米朝の見るところ、この笑福亭福團治は「どんな場所で、どんなお客にぶつかっても驚かなかった」という。「立って落語を喋る……なんかは、この人にとっては日常茶飯事である」。

私も「立って落語を喋る」噺家は見たことがない。米朝も「昔は私なんかもよく立って喋らされた」という。つまりこういうことだろう。繰り返しになるが、上方の演芸界にあって主流は漫才、および浪曲や歌謡ショーで落語は添え物だった。

次々と演者が舞台に登場する際に、落語は座布団、見台などが必要になる。それが揃ってから、出囃子が鳴り、噺家がやっと登場する。その間、お客は待たされるわけでテンポが崩れてしまう。「いらち（せっかち）」な上方人にとっては、その間が許せない。「もたもたせんと、はよ出てきて、ちゃっと喋ってひっこめや！」となる。それで「立って落語を喋る」ことになったのだろう。

温泉演芸場に出演していた人を、米朝が手帳に記録していた。一九五四（昭和二十九）年十一月中席に米朝、十二月中席に福團治の名がある。ほか、知らない

桂米朝
上方落語ノート
第二集
岩波現代文庫
桂米朝師匠の代表的著作、
初の文庫化
第二集は「落語と能狂言」
「先輩諸氏の持ちネタ」「芸の虚と実」
「続・考証断片」「おどけ浄瑠璃」などを収録。
岩波現代文庫創刊20年
20th since 2000

芸人が多い。知っているのは「笑美子・笑顔・やっこ」、「小圓《こえん》・栄子」ぐらいか。一九五七年生まれの私でも、子どもの頃、テレビや角座で彼らの現役の舞台を見ている。前者は和服で三味線を抱えた「三人奴《さんにんやっこ》」。中央の「やっこ」は太棹を弾き、人形浄瑠璃のネタを漫才にしていた。紙で作った裃をつけ、デデンと弾きだすと、笑美子を人形に見立てて、笑顔が黒子となり浄瑠璃の一場面が現出する。私はこれで人形浄瑠璃が何たるかを知った。浪曲をベースにした音曲漫才（たとえば「宮川左近ショー」）が多い中、これは異色であった。

小圓も出自は噺家で、三味線を持って高座へ上がっていた。エンタツ・アチャコ登場以前の形の「萬歳《まんざい》」（捨丸・春代）も、浪曲も浄瑠璃も、大阪の子どもたちは演芸番組を通じて匂いだけでも知っている。しかも、かしこまらずに笑いながら享受していた。当時は気づかなかったが、今思えば、様々な諸芸に触れる絶好の機会を与えられたのである。これは幸せなことだった。

梅雨入りした時読んだ歌

六月十一日に関東も梅雨入りした。例年より少し早いようである。そう書いている今（六月十二日）も、夕方に入って昨日に続き雨となった。湿気が肌にまとわりつくようだ。午前中にスーパーへ買い出しに行っておいてよかった。夜に入ってなお、空気が重い。

大岡信『第三　折々のうた』（岩波新書）を、風呂に浸かり汗を流しながら、ぼんやり読んでいると「夏のうた」に、次の歌を見つけた。

「蚊遣火《かやりび》の烟《けぶり》は軒をつたひつつたちものぼらぬ雨の夕ぐれ」

ゆったりとした気分になる、あざやかな歌だ。

大岡は「雨中の蚊遣火の立ち迷うさまを詠んでいるが、語の運びに、確かな観察にもとづく安らかな歩調があって好ましい」と解している。部屋の蚊遣火の煙が立ち上り、軒まではいくものの外は雨なので、軒下で留まっている、という感じであろうか。目の動きが動画カメラ的である。

こんな優雅で繊細な歌を作ったのは、誰あろう松平定信であるというので驚いた。何しろ、高校の日本史程度の知識で言えば、「寛政の改革」を専行した悪玉老中。賄賂政治で江戸を染めた前任老中・田沼意次を批判し、徹底した財政緊縮、倹約統制を行った……と、ここまでで精一杯。それがため、経済、文化ともに大いに停滞し、庶民には不人気であったらしい。

まあ、わかります。大田南畝《おおたなんぽ》が狂歌に「白河の清きに魚のすみかねてもとの濁りの田沼恋しき」と詠んで喝さいを浴びた。「白河」とは、定信が奥州白河藩主だったことを指す。まだ田沼時代の方が景気は良くて、なんだか、定信は粋や風流の分からぬ朴念仁というイメージ。この時代を背景とした石川淳の長編小説『至福千年』の中で、登場人物にこう言わせている。

「松平定信ごときが賢人づらを突き出して来るようでは、伸びるはずの料簡《りようけん》もちぢこまる。小利口なやつはおのれの狭い器量の外には出られぬものだて。その拘《かか》ずらうところは身のまわりの小事のみ」

しかし「身のまわりの小時」に「拘ずらう」人だったからこそ、「蚊遣火」の歌に見られるような「平淡な中に優美な味」（大岡信）を表現しえたとも言える。中央政治なんかに手を染めず、奥州でのんびりと殿様稼業をしてもらいたかった。晩年は隠居、「楽翁」と号し、「浴恩園《よくおんえん》」という広い庭園を抱く屋敷で過ごした。どれぐらい広いかというと、元築地にあった中央卸売市場がその跡地であります。

帰り道の愉悦

演劇評論家で直木賞作家でもある戸板康二《といたやすじ》の随筆集『むかしの歌』（講談社）を読んでいたら、「芝居のかえり」という文章にぶつかった。四〇〇字原稿用紙二枚ほどの短い文章だが、これがいつまでも胸に残った。こういう始まりだ。

「歌舞伎座一等席の客が、劇場の前から自動車でスーッと帰ってしまうのも、別段悪いことではない。／しかし、新劇の終った後などわけもなく興奮し、どこまでも歩いてゆきたいような気になることが今でもある僕には、『芝居がえり』というものを、もっと大事にしたい気がする」

この気持ち、よく分かります。戸板は「築地小劇場」での観劇がハネた後「凍るような夜更けに、松屋の横まで通っているあの道を、コツコツ歩いたコースも、たのしい思い出に今ではなっている」という。あるいは「三越劇場の夜の芝居のあと、ぼんやりと、日本銀行を迂回して神田駅の裏口まで出た記憶は、戦後の新劇に付随して、僕にいつまでも残るだろう」とも書く。芝居を観た興奮を冷まさず、夜の道を歩きながら反芻し、余韻をいつまでも楽しむ。それを含めての「観劇」だと言いたいようだ。

そこで思い出したのは、京都で学生生活を送っていた一九七〇年代半ばより八〇年代。よく名画座で映画を観たが、邦画は「京一会館」、洋画は「祇園会館」だった。ほか、方々の名画座（貧乏学生だったからロードショーの封切館なんてめったに行かない）での記憶が混在し、どこで何を観たかがあいまいだが、たとえば『シベールの日曜日』は「祇園会館」で観た気がする。現在「よしもと祇園花月」に名を変えた建物は、名画座を止めたいまでも健在。今回調べたら開館は一九五八年。週替わりの三本立てで、少し遅れの封切映画や過去の名作などを上映していた。外壁のタイル画、階段を上って高い天井のフロアと赤い客席（桟敷席もあった）など懐かしい。

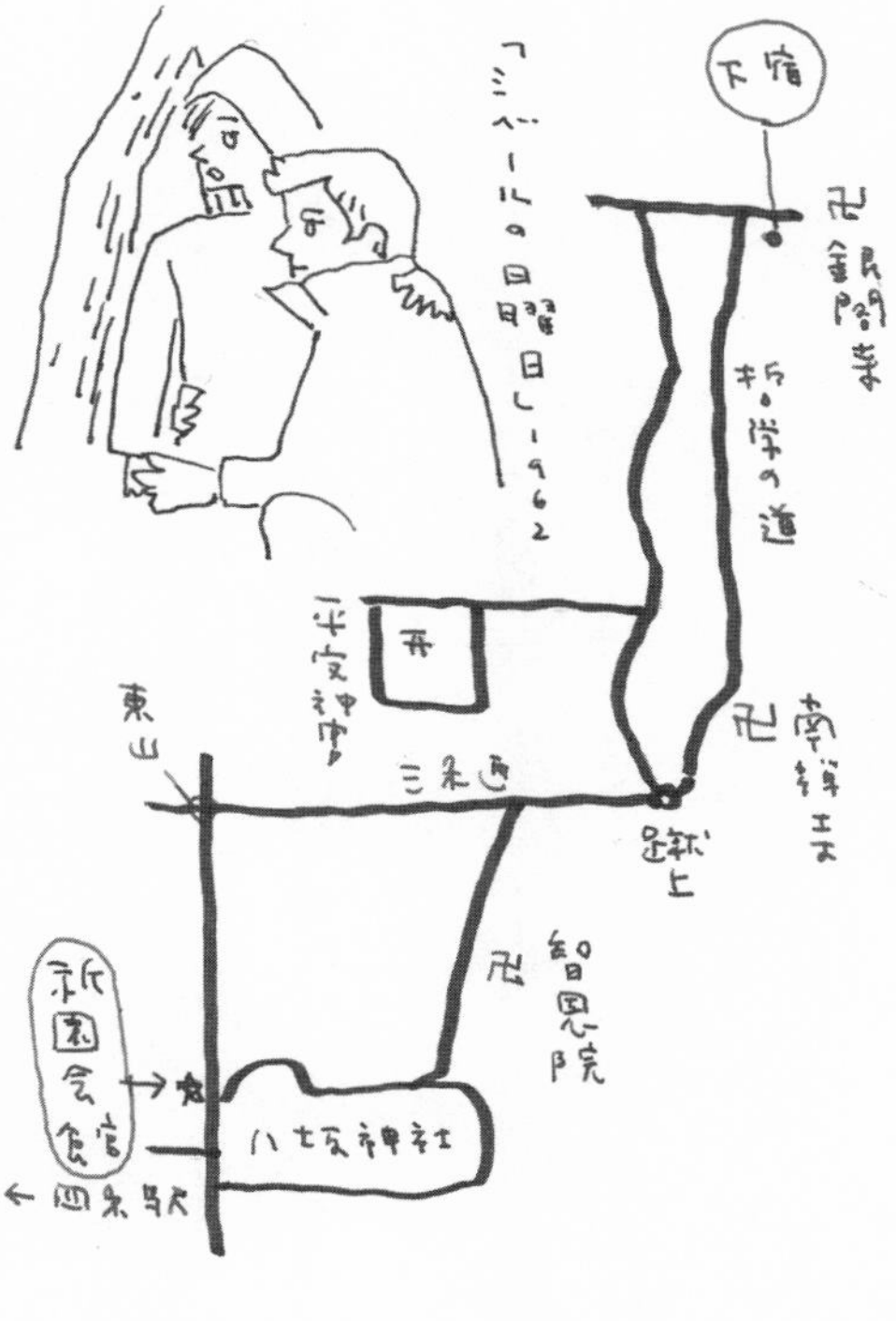

『シベールの日曜日』（一九六二年）はセルジュ・ブールギニョン監督によるフランス映画。インドシナ戦争の帰還兵で事故により記憶を失った青年と、十二歳の淋しい少女との日曜日ごとの逢瀬を描く。モノクロによる静謐な画像（撮影はアンリ・ドカ）も相まって、静かで切なく美しい作品であった。本来、見終わった後、バスを捕まえて銀閣寺近くの下宿まで帰るところを、映画の余韻に浸って歩くことにした。八坂神社から知恩院、南禅寺をかすめて白川通を北上し、哲学の道をたどって帰ったように思う。四〜五キロ、一時間強の道程であろうか。

まだ若かったし、孤独は属性のようにつきまとって、ときに世をはかなんだ。六十を過ぎた今でも、時々、一人で町をほっつき歩くのも、この頃からの習性かもしれない。

あとがき

春陽堂書店さんから出してもらう自著では、『これからはソファーに寝転んで』と『明日咲く言葉の種をまこう　心を耕す名言100』に続いて、これが三冊目。ありがたいことだと思っている。中身は春陽堂書店のウェブサイトに二〇一九年から隔週で連載が始まった「オカタケな日々」（現在も継続中）をまとめたもの。この連載を始めた当初、ずっと続けていた「はてなダイアリー」のブログを一年ほど中断していた時で、それに代わるものとして日々をつづっていた。しかし、ブログを再開したことで両者の使い分けが難しくなり、「オカタケな日々」は独立したエッセイもしくはコラム的な中身にシフトした。

最初の契約ではたしか、一回につき四〇〇字三枚か四枚程度ということだったと思うが、自分の方で物足りず、書き足し書き足して結局、毎回、四〇〇字十枚くらいにはなってしまった。やや長めのもの、中ぐらいのもの、メモ程度のものと三段階を意識して使い分け、毎回、何かしら楽しめるものをと心掛けた。私の日常で、どこかへ出かけたこと、見たもの、聞いたもの、そして生活の中心となっている読書のことを、バランスよく散りばめて書いたつもりである。書こうと思うことで、写真を撮ったり調べたり、あれこれ一つのことを考えたりして、おかげで体験の一つひとつが充実したものになった。

長いコロナ禍(最初は二、三カ月で終息すると思っていた)の緩やかな戒厳令下において、自粛が委縮ともなり、何もアクションを起こさなければ心身ともに弱っているところであった。ウェブ連載はちょうどその「委縮」時期と重なっているが、私は毎日、無理やりにでも書くために何かを見つけ、それを愉しみに転化させてきた。おかげで退屈することはなかった。人間、その気になれば、毎日ひとつぐらいは楽しいこと、驚くようなことが見つかるものだ。

書籍化するために章分けをしたが、なかにはジャンルをまたぐ内容の文章もある。書籍化するために打ち出されたゲラを読んで、自分ながら、よくこれだけ種々雑多なことを書き続けたものだと感心した。しかし、それら種々雑多な総体が自分という人間であり、生き方なのである。好奇心の持ち方のヒントとして、読者の方々の参考になればうれしい。日々生きていくことは大変なこと、悔やまれることが渦巻いている。何もしなければ海の底へ引きずり込まれてしまう。そこを何とか、ひと掻き腕を動かすことで浮上していく。私の「ひと掻き」は好奇心で、これは面白い！と心躍らすことが日々を前進させている。これからもずっとそうありたい。

ウェブ連載中は春陽堂書店の塩田智也子さん、書籍化にあたっては永安浩美さんにお世話をかけた。頼りなく生きる私を支えていただいてありがたく思っております。この本が世に出る頃、マスクをはずして、思いっきり息を吸い込める日になっていればなあ。こんなにうれしいことはない。

二〇二一年十月

岡崎武志

岡崎武志（おかざき・たけし）

一九五七年、大阪府生まれ。書評家・古本ライター。立命館大学卒業後、高校の国語講師を経て上京。出版社勤務の後、フリーライターとなる。書評を中心に各紙誌に執筆。「文庫王」「均一小僧」「神保町系ライター」などの異名でも知られ著書多数。

ドク・ホリディが暗誦《あんしょう》するハムレット
――オカタケのお気軽《きがる》ライフ

二〇二一年一一月二〇日　初版第一刷　発行

著　者――岡崎武志
発行者――伊藤良則
発行所――株式会社　春陽堂書店
〒一〇四―〇〇六一
東京都中央区銀座三―一〇―九　KEC銀座ビル
電話：〇三―六二六四―〇八五五（代）
https://www.shunyodo.co.jp

印刷・製本――ラン印刷社

ISBN 978-4-394-90409-0 C0095